ちょっと奇妙な怖い話

嶺里俊介

講談社

目次

ちょっと奇妙な怖い話

はじめに

私の名前は進木《すずき》独行《どっこう》。筆名だが本名でもある。ただし本名は『ひとゆき』と読む。前集が多くの方々に楽しんでいただけたようで嬉しい。表紙のイラストやデザインを含めて、制作に関わった方々がみんな良い仕事をした結果だと思っている。感謝。

他人が体験した奇妙な話というのは、それなりに需要があるらしい。本書では、私自身がこれまでの人生で体験してきた奇妙な出来事を元にして、つらつらと話を綴《つづ》っている。もちろん見聞きしたことも含まれている。

本書で楽しむべき肝は、本筋の『奇妙』のみならず、寄り道した部分にも含まれている。少なくとも私はそれを念頭にして話を綴っている。実体験をそのまま描いたものもあるが、本書は創作か実体験か判別しづらいことがウリでもあるので、テレビ番組で放映されたものでも意図的にぼかした画像にしている。

今回は海外での話も含めた。当時の異国情緒も含めて楽しんでいただければ幸いである。

ベクトルは揃えない。【怖い】に特化すると、私自身もそうだが、読み手になると点数をつけたがるからだ。一番はこの話、次はこれかなと、はたと気づけば採点者になっている。楽しみ方の一つには違いないが、自分の小賢しさが表に出てしまったようで、なんだか格好悪い。

そのため、それぞれの読み味が異なるよう、意識して色を変えている。出張の行き帰りの新幹線で。旅行先のベンチで。日常生活の息抜きで目を通せるような一冊を目指した。

これからページを捲《めく》っていく時間を、楽しんでいただければ幸甚《こうじん》である。

進木独行

海に棲《す》むもの

脳裏に焼き付いて離れない光景がある。それは風景だったり、人の表情だったり、人身事故だったり様々だ。

今回は海の話。

イタリアのアマルフィで目にした緑色の海も忘れられないのだが、サンフランシスコにある金門橋《ゴールデンゲートブリッジ》を渡ったときにバスの車窓から見た眼下に広がる青い海は、そりゃあ強烈だった。澄み渡る青空とのコントラストが映えて、吸い込まれるような『青』だった。

乗客に景観を楽しませるためにバスは徐行してくれた。海沿いには観光名所のフィッシャーマンズワーフが見える。

私はしばし見とれていたが、ふと疑問に思った。

海上に船はあるが、泳いでいる人の姿がない。澄み渡った海となれば、私だったら泳ぎたくなるのに。

「泳いでみたいなあ」思わず口に出てしまった。

すると、隣の乗客がくすりと笑った。

「あなた、それはやめておいた方がいい」

傍《そば》にいたガイドが理由を教えてくれた。

「ここはサメが多くて、ばしゃばしゃ泳いでいたらひとたまりもありませんよ」

隣の乗客が頷《うなず》く。

「そこらじゅうにサメがうようよしてます」

私は苦笑した。

見とれてしまうような大自然は、人間にとって危険な場所なのだ。

いや、人間を拒絶しているからこそ惹《ひ》かれるのかもしれない。


――◇◇◇――

私が『特別な海』を体感したことは二回ある。最初は昭和五十一年（一九七六年）、小学六年生のときで、場所は徳島《とくしま》県の日和佐《ひわさ》だった。

私の、生きものに対する好奇心は強い。ただウミガメの産卵を見るためだけに一週間ほど滞在した。

格安の旅館の大部屋だった。誰とも知らない人たちに囲まれて緊張したが、好奇心が折れることはなかった。

チャンスは三回もあったのに、結局ウミガメの産卵を見ることは叶わなかった。早朝の浜辺でウミガメが這《は》った跡を見つける度に地団駄《じだんだ》を踏んだ。

跡を見ればウミガメの種が分かる。アオウミガメはバタフライのように左右の前脚《まえあし》を同時に動かすので前脚の跡が平行になる。アカウミガメとタイマイはクロールのように交互に動かす。また、タイマイは規則的に尾を振るので大きな波形が残る。アカウミガメは不規則なので、ゆるやかで直線的なものになる。

三回ともアカウミガメだった。

小学生の身で夜更《よふ》かしはきつい。夜が更けると眠たくてどうしようもなくなる我が身を何度呪ったことか。

その後悔を吹き飛ばしてくれたのが最終日の出来事だった。

砂浜が躍る――そんな体験をした人は滅多にいないだろう。

夜明け前、星明かりだけの砂浜はまだ暗い。浅く埋めた小さな爆竹が爆《は》ぜるように砂が舞う。

しかし音はない。静寂の中、浜の砂が宙に躍る。

その下から子ガメが頭を出す。地中から出てくるだけで大運動だったに違いないのだが、休むことなく子ガメは砂から這い出て全身を現す。その小さな身体にそぐわない大きな前脚が目立つ。

子ガメはすぐに海へと向かう。

生まれたばかりの子ガメは目が見えない。なのに、どの子ガメもまっすぐ海へと向かう。手前が上り坂のように砂が盛られていても、ばたばたと前脚を動かして、一目散に砂の小山を越えていく。

ライトの光は御法度《ごはっと》だ。子ガメたちは強い光に惹かれてしまうため、海へ向かわず戻ってきてしまうからだ。

潮の香りや波音に導かれているのだろうか。もしかしたら海岸線の向こうに朝の光を感じているのかもしれない。

またひとつ、同じ場所で砂が舞う。一匹、また一匹と、生まれたばかりの子ガメたちが姿を現す。みんな迷うことなく海へ突進していく。

まるで母親から呼ばれたかのように。砂浜に寄せる波音に吸い寄せられるように。

海へ向かって小さな足跡がいくつも並び始めると、旅立ちのラッシュアワーを迎える。次々に子ガメたちが外へ出てくる。

狭い範囲だが、砂浜が波を打つ。内に強い生命力を湛《たた》えた地面が躍り出す。次々と砂が爆ぜて宙に舞う。

子ガメたちの新たな生命の噴出に応えるかのごとく、砂浜が躍動する。

私は言葉を失い、見入った。

目頭が熱くなり、身体が震える。ぞくぞくする。

これだ。生きものが放つ生命力は、見る者を引きつける。共鳴して、力強い生命力が自分の体内に宿る感覚がある。

しばし見とれていたが、海へ向かう子ガメたちの姿を見ているうちに、いても立ってもいられなくなり、子ガメたちを追いかけた。

ぜひ海へ旅立つ彼らを見送ってやりたい。

子ガメたちの後ろから私が追いかける。

夜明けが近い。明星《みょうじょう》が輝き、空の色が濃い紫へと変わっている。

波打ち際で奮闘する子ガメたちがいた。

躊躇《ためら》うことなく、子ガメたちは寄せては返す波へ飛び込んでいく。だが波に乗るにはタイミングを合わせる必要がある。浜へ寄せられた波に身体を浮かべることができたら、うまく波に乗って海へ入ることができる。しかし退いた波へ飛び込むと、浜へ押し返されてしまうのだ。

運の要素が強く、海へ入るだけでもひと苦労だ。こんなところで体力を使う羽目になった子ガメはたまらない。

生まれてからの最初の運——。

ふと気づいた。ほぼ同時に卵から孵《かえ》った子ガメたちは、砂の中で押し合いへし合いしながら、外の世界へと向かう。うまく出られればいいが、他の子ガメの脚の下になって体力を消耗した子ガメはどうなるんだろう。

私は引き返して、子ガメたちが出てきた辺りを掘ってみた。

案の定、中でもがいていた子ガメが三匹いた。さらにその下には、手脚をぶらんとさせて動かなくなっている子ガメが一匹。あまりに短い生涯だったと言わざるをえない。

中で他の子ガメに蹴られたせいか、三匹とも前脚の動きが弱々しい。これでは土を掻いて外へ出ることは難しいだろう。

私は三匹を浜へ放した。

少しの間、三匹ともその場で動かなかった。しかし一匹が頭を上げて海へ向かうと、他の二匹も追うように進み始めた。

最初はゆっくりと。やがて競争するように三匹が並ぶ。

全力で、一目散に海へ飛び込んでいく。

二匹はうまく波に乗れたのだが、一匹だけ押し返されて波打ち際へと戻ってきた。なんのこれしきとばかりに再び飛び込んでいくのだが、どうにもタイミングが悪く、二度三度と帰ってくる。

たまらずに、私は子ガメを拾い上げて、打ち寄せる波の向こうへ放り投げてやった。

潤沢《じゅんたく》な海水に入った子ガメは、安心したのか手脚を大きく広げたまましばし動かなかった。

やがて頭を下げて海中へと潜ったが、身体が潜りきれずに再び海上へ甲羅を出す。まるで楽しんでいるようだ。

海の向こうから空が白んでいく。光が訪れて、まもなく浜は朝を迎える。

砂浜で迎えた朝に、これほど心が震えたのは初めてだった。

*

次は昭和五十二年（一九七七年）、中学一年生のときだ。二年続けてのことだったので記憶に深く刻まれている。八月一日から十七日まで滞在したのだから贅沢《ぜいたく》なものである。実に四十五年以上前の話だ。

場所は沖縄県の石垣島《いしがきじま》。竹富島《たけとみじま》と西表島《いりおもてじま》などと合わせて『八重山《やえやま》群島』と呼ばれており、私は夏休みの二週間余りをそこで過ごすことになった。

沖縄の海と聞いて、生きものが大好きな私は滾《たぎ》った。

きっと見たこともない虫や魚がいるに違いない――。

図書室で沖縄に関する書籍を手当たり次第に借り、帰りには書店で資料になるものに目を通して、なけなしの小遣いをはたいて図鑑を購入した。帰宅してからそれらを読み漁《あさ》る日々が続く。

当時のマイブームである。一学期の期末試験直後だったけれど、どの課目の試験勉強より身が入ったことは言うまでもない。好きこそものの上手なれ。試験が終わったあとで、本当に良かった。

熱帯魚を扱うペットショップに日参したが、綺麗な生きものだけを見たいわけではない。地味だけど珍しい生きものたちもいるので、水族館にも行った。当時はまだ池袋《いけぶくろ》のサンシャイン水族館が開館していなかったので上野《うえの》の方だ。

結果、八重山群島にしか生息していない生きものたちがたくさんいることを知った。

毒を持つ生きものは要注意なので、特によく調べた。

さとうきび畑を歩くとハブが飛びついてくることもあるから注意。夜道では箒《ほうき》を前方に出して歩き、先にライトの光をあてる。近づくと熱を感じたハブが箒の先に飛んでくるらしい。

イラガの幼虫の棘《とげ》に触れると、飛び上がるくらい痛い。それほど毒が強い。ゴキブリやサソリもいるが、八重山群島のサソリは毒性がそれほど強くないという。イリオモテヤマネコやセマルハコガメはぜひ見てみたい。

準備万端。さあ南の島を楽しむぞと意気込んだ。ちむどんどん。

当時遊び好きだった父は一人の時間を楽しむためか、母と私たち兄弟を遠方へ追いやるように南の島へ海水浴に行かせた。私は長兄、次男は三つ年下で、三男は小学一年生だった。

なにもかも東京とは違っていた。

羽田《はねだ》空港から石垣島へ直行便はない。羽田から鹿児島《かごしま》、鹿児島から那覇《なは》、那覇で南《なん》西《せい》航空の機へ乗り換えて石垣へ向かう。大きなプロペラが両翼についている小型機で、片側に並ぶ座席は十席もないエアバスだ。初めて飛行機に乗った三男の弟は「雲の上なのにオニがいないよ」とつまらなそうに呟《つぶや》いた。

空港に降り立つと、滑走路が異常に短い。小学校の運動場くらいだ。バスで空港を離れると、すぐに砂利道《じゃりみち》になった。

道路脇に自販機は無い。おかげでいつも喉《のど》が渇いていた。水の大切さが身に沁《し》みた。ダイエットにはちょうどいいかもしれない。なにしろ水がないから望む望まないにかかわらず強制的に身が引き締まる。

宿の客は私たちの他に一組だけ。若い新婚さんだった。さぞかし二人きりの時間を楽しめたに違いない。

八月といえば台風の季節でもある。暴風で電線はすぐに切れた。そのため夕食後は真っ暗になる。蠟燭《ろうそく》が配られたが、八時過ぎになると真の闇だ。部屋の中も廊下もトイレもまったく見えない。

夜中の用足しはちょっとした冒険だ。なにしろ注意しないと便器に足を突っ込んでしまう。怪談話を聞くより怖い思いをしたことは言うまでもない。電気のありがたさが身に沁みた。

母は始終ぼんやりとしていたが、私はこれでもかと南の島を楽しんだ。

小さい島なので、島を観光しても三日あれば充分だった。

川平《かびら》湾でひと泳ぎして、黒真珠の養殖場を回り、ヤシの原生林を見上げる。根っこを海の底へ突き刺して海面より上に幹を作るマングローブは新鮮な驚きだった。

名蔵《なぐら》スッポン養殖場、ひらたく言えば釣り堀なのだが、沼にしか見えなかった。フナやコイのみならず、ウナギやナマズまでいると言われたが、それは野生のものではないかと思ったものだ。客は私たちだけで、弟がスッポンを釣り上げて四苦八苦した。水に飢えていたせいか、そこで食べたパイナップルが美味《おい》しかった。

地元の祭りである豊年祭《ほうねんさい》がちょうど開催されていたが、島の人たちはみんな祭りを『アールのタイショウ』と呼んでいた。どんな意味なんだろうと首を傾《かし》げたものだが、結局分からずじまいだった。もしかしたら『豊年祭』は観光客向けに作られた名前ではないかと思ったものである。

セミは茶色でなく青い。トカゲは尾が青い。家屋の外壁に這うヤモリたちの剽軽《ひょうきん》な動きが愛らしい。

木々も独特な形態をしている。

海辺の河口に生息するマングローブは根が特徴だ。引き潮のときに根が剝《む》き出しになると、まるでいくつもの根で海の上に立っているような姿になる。いまにも歩き出しそうだ。トールキンの『指輪物語』に出てきた樹木人のようだ。

いくつもの幹がまとまっているガジュマルの巨木は壮観だ。主幹《しゅかん》に気根《きこん》が絡《から》みつき、枝から垂らしているアコウの木なんて、まんまお化けだ。夜に見たら自分でも逃げ出しそうだ。

ガジュマルの木にはキジムナーという物《もの》の怪《け》――妖怪が棲《す》んでいる。心優しい人にはその姿が見えることがあり、願いを叶えてくれるという一面もある。はたして自分には見えるだろうか。

ただし怒らせると怖い妖怪で、家を焼かれたり、船を転覆させられたり、目玉を抉《えぐ》られたりするらしい。一族が絶えるまで襲ってくるので、なかなか気性が荒い。

遠野《とおの》の座敷童《ざしきわらし》衆もそうだが、願いを叶えてくれる妖怪はしっぺ返しがきついようだ。

旅の期間中、西表島と竹富島へ行くホーバークラフトに乗船するため石垣港を訪れたが、久しぶりに舗装された道を見た。あとで思い返しても、八重山群島で舗装された道は石垣島の空港と石垣港周辺だけだった。

西表島は群島の中で最も広い。しかし訪れることができる場所は限られている。ホーバークラフトで砂浜に降りると目の前は原生林だった。道らしきものもない。林の中からワニとか出てきてもおかしくない。東部ではヤエヤマヒルギやオヒルギの根に飛びつきたかったが、ガイドさんから止められた。大きな平たい根は子どもにとっては公園の遊具でしかない。

「危ない虫がいるかもしれないから、むやみに近づいちゃ駄目だよ」

私は図鑑で見たサソリや虫を思い出した。

「近づくにしても、危ない生きものだと知っているか、そうでないかでは全然違うからね」

私は納得した。

仲間《なかま》川のボート観光で川下りを楽しみ、マリュドゥの滝やカンビレーの滝を散策した。海に近い場所に群生していたマングローブの林が印象的だった。遊びすぎてホーバークラフトの時間に遅れてしまったので、待たせていた船長さんごめんなさい。

無人島のアトク島は遠くから眺《なが》めるだけに終わった。

近くに新城《パナリ》島と呼ばれる小さな島があった。上地《かみじ》と下地《しもじ》の二島からなっている。全島が牛の放牧場になっているらしい。『パナリ』とは『離れ』という意味で、その昔島民たちは人魚を捕獲して生活していたという。貢ぎ物として琉球《りゅうきゅう》王府へ献納してきた名残が人魚神社として残っていると聞いた。

「人魚を獲ってたの？」

子どもも心に浪漫《ロマン》を感じた。たしかにここいらの海を見ていると伝承の生きものがいてもおかしくない。

「いまではジュゴンという魚だったと分かってるがね」

「なんだあ」

気落ちしたのは言うまでもない。

竹富島は小さな島だが、島の真ん中に石垣に囲まれた島民の住居が軒を連ねている。『星の砂』で有名な島だ。微生物の殻だそうだが、見られるのは浜だけではない。島を十文字に渡る砂利道もまた、すべて星の砂だった。

浜に来ていたのは私たち家族の他には大学生の三人グループだけだった。他の島も含めて、これほど人に会わない砂浜は珍しいと思ったものだ。

道も浜も、見渡す限りの白い星の砂。同じ日本とは思えない。東京の海とはえらい違いだ。

そんな旅の期間中、毎日のように訪れて遊んだのは石垣島の海水浴場だった。最寄りのバス停から、さとうきび畑の一本道をしばらく歩くと海水浴場に着く。底地《すくじ》海水浴場である。

私の中で、『沖縄の海』と言えばこの砂浜だ。

白い砂は細かくて足に心地良い。遠浅の海は、砂浜に座る母の姿が小さくなるまで入っていっても腰くらいの深さしかない。海の水は澄んでいて底まで見える。ときどきつま先の下の砂に潜っていた小さなエイが現れて逃げていく。他にはナマコやヒトデがいる。稀《まれ》にアメフラシを見かけるくらいだ。

小さな弟は泳げないが問題なかった。潜れるほど深くないし、魚が寄ってくるのが珍しく、始終魚たちと戯《たわむ》れていた。魚は近づくと逃げていくのが当たり前の感覚だったので新鮮だった。

石垣島は、砂浜の概念を一変させた。海は場所によって違う。そんな当たり前のことを体験させてくれた。

海水浴場の利用者はほぼ私たち四人だけだった。海の家らしき出店も一店舗だけ。昼食や飲みものの注文が終わる昼過ぎには店を畳んでいった。

あとは私たち家族だけだ。宿へ戻ってもなにもすることがないので、夕方のバスの時間まで泳ぎまくった。なにしろ夜は真っ暗だ。身体を思い切り疲れさせて、ぐっすり眠るのが健康的というものだ。

奇妙な海の生きものを目にしたのは、ある日の帰りだった。

泳ぎ疲れてしまい、早めに切り上げることにした。いつもより一本前のバスに乗る予定だったが、帰り支度に手間取ってしまい、乗り遅れてしまった。

なんのことはない、いつもと同じバスになる。

予定の時間まで二時間近くある。それこそ浜へ戻って、もう一度泳いでもいいくらいだ。

しかし母はバス停で待つことにした。砂浜の陽射《ひざ》しは母にはきつい。

手持ち無沙汰《ぶさた》になって、私はバス停の辺りをうろうろして時間を潰した。

バス停のすぐ前に小さな看板があった。いつも目にしていたので気になっていた。

『泳ぐな。危険』

看板の先は腰高の茂みになっている。その向こうはすぐ海だ。泳げる場所なんてないじゃないかと思っていたが、暇《ひま》だったので、看板の向こう側を覗《のぞ》いてみることにした。

人が一人通れるくらいの細い道があった。下り坂になっていて、数メートル先で途切れている。

先まで下りてみると、長い年月で波に抉られたらしい狭い入り江があった。浜はない。

海面まで五十センチくらいだろうか。下りる道は見当たらず、周囲はちょっとした崖になっている。大人なら五人入ればいっぱいになる程度の狭い場所だったが、海底まで見えるほど水が澄んでいる。思わず息を呑《の》んだ。

海底には珊瑚《さんご》があった。極彩色《ごくさいしき》の小さな魚たちが周囲を長閑《のどか》に泳いでいる。イソギンチャクが太い糸のような触手を揺らしている。ところどころに張り付いている小さな青いものはウミウシだろうか。

それなりに深そうだ。

テレビや水族館でしか見たことがない光景がそこにあった。

島の人たちが言っていた『秘密の場所』かもしれない。

私は胸を躍らせた。

潜ってみたい――。中学生の私がそう思っても仕方ないことだ。

念のため周囲を確認する。

猛毒を持つというウミヘビの姿はない。もっとも、ウミヘビは性格が温厚なので、よほどのことがないと人を襲わないらしい。

ウミヘビに咬《か》まれた事例はあるが、食用にと捕まえたウミヘビを逆さに吊るして無理矢理腹から内臓を絞り出そうとしたところ、たまらなくなったウミヘビが咬んできたというものだ。そこまでされなければウミヘビは人を襲わない。気性が荒いハブとは大違いだ。

入り江に入ったとして、上ってこられるだろうかと足許《あしもと》を確かめる。這い上がるときに使えそうな突起が岩肌にいくつもあった。足場にもなるし、上には小枝が伸びている。摑《つか》んでみたら強度はそれなりにあった。

なんとかなりそうだ、と踏んだ。

バス停の母のところまで戻り、少しだけ海に入ると告げた。

「上がってくるとき手を貸してもらうかもしれないけれど、そのときは大声で呼ぶから」

興味を持ったらしく、次男がついてきた。しかし広さからして、子どもが一人入って立ち泳ぎしたら二人目が入るのは難しい。弟は上で待つことになった。

わくわくしながら水中メガネをつけた。岩肌の突起に足を掛けながら、魚影が見えないところへ足を入れる。魚たちを驚かさないよう気をつけながら膝上まで足を入

れ、珊瑚で足の裏を傷めないよう注意して海に入った。海底にオニオコゼが擬態《ぎたい》して
いたらたまらない。
はたして頭まで海に潜っても底に足が付かなかった。
立ち泳ぎしながら海中に目を凝《こ》らす。
さて、どんな魚たちがいるのかな——。
眼前に、図鑑でよく見る美しい魚がいた。
大きさは三十センチくらい。桃白色の身体に赤褐色の細い横縞《よこじま》模様がある。頭の上
に大きな皮弁《ひべん》をぴんと立て、発達した背びれと胸びれを鳥の翼のように広げ、揺蕩《たゆた》っ
ている。
まるで優雅に舞う天女みたいだ——。
手を伸ばしかけた刹那《せつな》、指が止まる。
猛毒。
ミノカサゴの鰭《ひれ》の先にある棘《きょく》は毒針《どくしん》だ。極めて危険な魚だ。
その猛毒の魚が、いま目の前で大きく毒鰭を広げて優雅に舞っている。
一メートルと離れていない。広がっている鰭からして危険な距離だ。
慌てて飛び退《の》こうとするも、手足をばたつかせては拙《まず》い。弱っていると思われた

ら、獰猛《どうもう》な生きものたちが襲ってくる。それに周りにいる危険な魚が目の前のミノカサゴだけとは限らない。

一度海面に顔を出し、呼吸を落ち着かせてから、もう一度頭を潜らせた。

周囲に視線を巡らせたときに、そいつを見つけた。

上から陽光が射し込んでいる。水も澄んでいるので、離れた距離でも見通せた。

正面から、こちらへ向かって緩やかに進んでくる紐《ひも》状の生きものがいた。妙な背びれを持ち、光沢がある濃緑色の鱗《うろこ》を纏《まと》った巨大なウナギに思えた。これで腹に節があったらヘビだと思っただろう。

事実、エラブウミヘビかと思ったが、すぐに違うと悟った。

胴はウミヘビより太い。しかも身体が異様に長かった。こちらに頭を向けているが、その後ろに伸びている尾の先が見えない。

その生きものは身体をゆっくりとくねらせながら、こちらへ向かって近づいてきた。

身体の鱗がラメの服みたいに上から射し込む陽光に映えている。眼鏡《めがね》の縁に浮いた緑青《ろくしょう》が光沢を放っているかのようだ。背びれは細かく裂けていて獅子の鬣《たてがみ》を想起させる。揺らぐ背びれに小さな魚が纏わり付いている。イソギンチャクで遊ぶ小魚のようだ。

私は食い入るようにその魚に見入った。

目が合った。

頭は縦長ではなく、横に平たい。顔は幼く見える。ナマズやヘビやヨコクビガメのような顔だ。ウーパールーパー、ナマズの子どもみたいだ。頬の後ろに三本と、額から後ろへ流れるように突き出ている二本の突起物は皮弁だろうか。位置からして角にしか見えない。

顎《あご》の下、左右から一本ずつ長い髭《ひげ》が伸びている。長いので触角みたいだ。

くりっとした目が、まっすぐこちらへ向いている。

そいつは一度、ぱくりと口を開けた。無数の小さな白い牙が覗く。

動きからして、なにか言われたようでもある。しかしこっちはそれどころではない。

好奇心を剝き出しにして私は目を輝かせた。

知らない魚。これほど長いのに、図鑑でも見たことがない。

ウミヘビやウツボのように細長いが、長すぎる。乗ってきたバスより長い。

背びれはあるが、魚のように縦長の流線型ではなく、胴が太い。

直感だが、極めて危険な生きものだと本能が告げた。身体《からだ》が竦《すく》んでしまって動けない。ゆっくり足を回して立ち泳ぎするのが精一杯だ。だが水面に浮上したら、こいつを見失ってしまうし、なにより襲われたらたまらない。

透過光――海上から射し込む光に包まれているせいか、神々《こうごう》しさすら覚えた。

そいつは私が動かないので興味をなくしたのか、くるりと頭を回した。

目の前を横切っていく身体が長い。ただ通り過ぎるだけなのに時間がかかっている。

貨物列車みたいだと一瞬思ったが、コンテナを繋いでいるわけではない。街なかで見かけた、ひときわ大きなリムジンを思い出した。

去っていくそいつを小魚たちが追っていく。子どもたちが親を慕って追いかけているようでもあり、アイドルについていく追っかけにも見える。まるで従者を従えた貴族だ。

しばしその場から私は動けなかった。

ようやくひと息ついてから、私は入り江から這い上がろうとした。

海上へ出るために岩肌に足場を探したが、水面下の穴からいくつも目が覗いている。ウツボやオオカミウオだろうか。

極彩色の大自然は、人間にとって危険すぎる。

私は垂直に切り立つ岩肌を上りながら母や弟たちを呼んだ。伸ばした手を引かれて狭い入り江から這い上がるまで生きた心地がしなかった。


私は目撃した奇妙な魚を『リムジン』と勝手に名付けて、東京へ戻ってからあちこち調べまくった。

「リュウグウノツカイかも」と水族館の職員に言われたが、リュウグウノツカイのように縦に平たくないし、特徴的な飾りもない。

図鑑ではなく、ファンタジー系のイラスト集で同じ印象を受けたものがある。

『シードラゴン』――海竜のイラストだ。ヘビのように身体が長細いが、巨大な生きもので、人間どころか船すら襲うモンスターとして描かれている。たしかに体長はそのくらいあった。

別のページには天女と龍の幻想的な図が掲載されていた。羽衣を纏い、踊る天女の上空から一匹の龍が舞い降りてくるイラストだ。

解説に気になる一文があった。

『天女の舞いは龍を招く』

天女の舞いといえば、ミノカサゴを思い出す。

まさか龍――もとい、海竜の幼体なのか。

幼い顔立ちだったが、本当に海竜の子どもだったとしたら面白い。いつか大人になった『リムジン』を見たいものだ。

あいつが成長していたとしたら、いま頃どこの海を泳いでいるだろう。


その二十数年後、二十一世紀になってから再び沖縄と石垣島を訪れる機会があった。職場の慰安旅行である。

羽田から石垣島へ直行便があることにも驚いたが、機内で上空から見た石垣島には息が止まるほど仰天した。

島の周囲の海は赤土色に染まっていた。

「台風直後は、こうなるんです」

沖縄通だという同僚から聞いたが、島の周囲に赤土があることが不思議だった。大規模な工事でもしたというのか。

同僚たちと島を観光したものの、私の気分は落ち込むばかりだった。

島はすっかり様変わりしていた。道路は舗装されていて道沿いには飲みものの自販機まである。

海岸沿いを走るバスの車窓から流れていく木々を眺めつつ、以前は海面に立つマングローブの林があったものだが——と小さく溜め息を吐《つ》いた。

それがマングローブの林だと気づいたときの驚きといったら。

海の上に立っているはずのマングローブの根が埋め立てられていた。空港建設の際に出た土を盛っているのだという。

底地海水浴場のすぐ目の前までバス停が設けられていた。手前にあったさとうきび畑は面影もない。かつての光景を頭に巡らせながら再び『リムジン』に逢えるかもと思っていたが、そんな淡い期待は雲散霧消した。

浜は白くない。足の裏が妙に痛いので確かめてみると、砂ではなく珊瑚の死骸を細かく砕いたものだった。海に入ったら、海水が濁っている。

私にとって、腰まで海に入ったところで上から足の甲が見えなければ沖縄の海ではない。記憶に刻まれている白い砂浜は、もうどこにもない。

「沖まで出れば珊瑚礁がありますよ」

ぼやく私に同僚が言ったが、寂しい笑みを返すしかなかった。

——沖まで行かなくても、島の縁《へり》に立てば、すぐ目の前が珊瑚礁だったよ。

ある意味仕方ないのだろう。極彩色の大自然は、人間にとって危険すぎる。だから手を入れる。

人間の手が入った場所こそが、人間にとって安全な場所なのだ。

『リムジン』は、もういない。

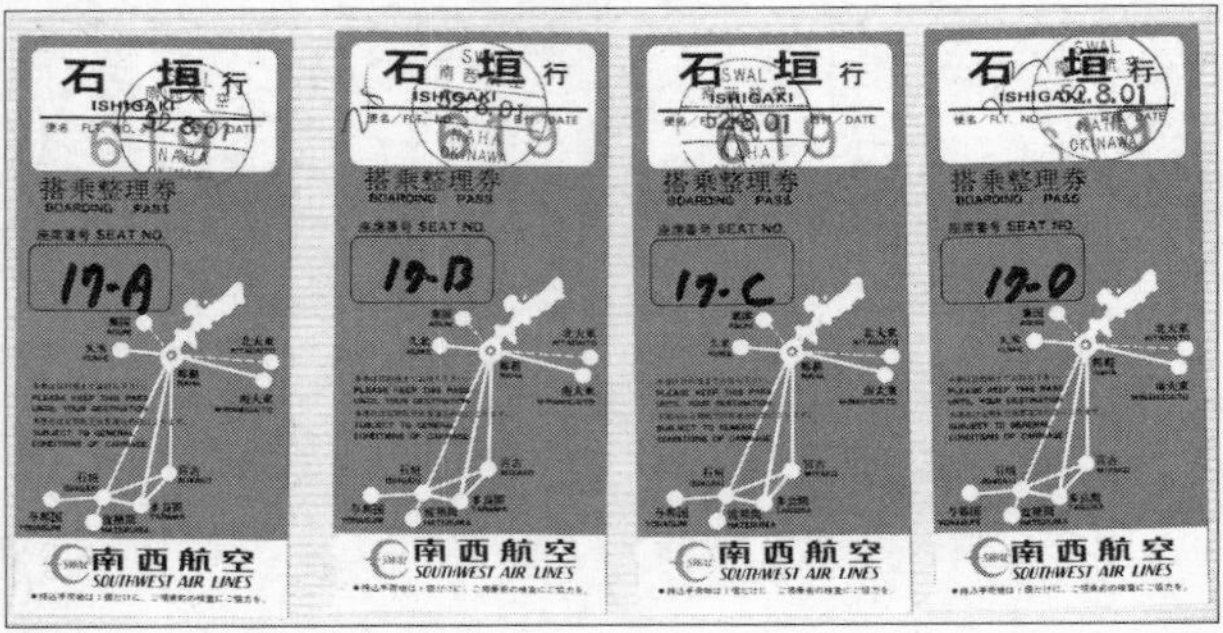

石垣 行
ISHIGAKI
搭乗整理券
BOARDING PASS
SEAT NO.
17-A
17-B
17-C
17-D
南西航空
SOUTHWEST AIR LINES

著者提供

カリフォルニアウィンド

多くの人は、人生のうち何度か海外旅行を経験しているだろう。

仕事で頻繁《ひんぱん》に外国へ赴く人もいるが、異国の地で異国の文化に触れることは良い刺激になる。風土だけでなく、考え方も異なる部分があるため勉強になる。

思い起こせば会社員時代に夢中になったのは小説ではなくエッセイだった。『河童《かっぱ》が覗いたヨーロッパ』や『ロンドンからの手紙』など、何度読み返したか分からない。本がぼろぼろになるまで楽しんだ。

私もまた、日記やメモを残すことが癖になった。あとで読み返すと当時の記憶が鮮明に甦《よみがえ》る。

そんなときに気がつくことがある。いま思い起こすと、これっておかしくないかと首を傾げる記載が往々にしてあるのだ。

奇妙な出来事は国内に止《とど》まらず、海外でも感じることがある。時や場所を選ばない。

今回は、アメリカでの話。カリフォルニア州サンフランシスコを訪れたときの日記から。

――◇◇◇――

平成十二年（二〇〇〇年）。オーストラリアでのシドニーオリンピックが話題になった年だ。

アメリカ大手電気通信会社の組合――私が所属していた通信会社の組合と紛らわしいので、以下『ユニオン』と表記する――本部ビルがカリフォルニア州に建設されたとのことで、親睦を深める意味でも、交流を兼ねて意見交換会が企画された。資格は「英語で日常会話ができること」だけ。次代を担う三十代を中心に十二人ほどのメンバーが選抜されたが、ほとんどは東京支部や本部の者だった。私は池袋の地域分会の執行委員だったが、メンバーの一人に選ばれて参加することになった。

期間は一週間。それだけ職場を離れることになるのだが、組合の力が強いので職場の部長は了承せざるをえない。

「ちょっと頼み事があるんだがね」

自席に座っていた私は、部長席の後ろ、応接コーナーに呼び出された。

「実はZIPPOのライターをコレクションしているんだ。アメリカの州のうち、州のマークが刻印されたものを四十五持っている」

管理者には既に禁煙令が出ている。部長は愛煙家だったが、やむなく喫煙を止《や》めた。

ふつう管理者は信念を曲げないものだ。我が道を行く人が多いのだが、にもかかわらず嗜好《しこう》まで統率されるとは、どれだけ強い号令がかかったのかと思う。

「あと少しなんだ。ここまで来たら最後まで集めようと思う」

収集癖は私にもある。当時は映画『バットマン』シリーズのミニモデルカーを集めていた。『スタートレック』シリーズのエンタープライズ号にも魅力を感じている。

国内では輸入コストがかかるため、そのぶん値段が上乗せされて売られているので、今回の旅行では買い物予算を多めにとっている。

彼が喫煙を止めたのにライター収集を続けようとするのは、たぶん意地だ。

眉根を寄せる部長の思いはよく理解できる、私は快諾した。

*

空港を出てから町へ、バスで向かう。市内までは約一時間である。機内で睡眠を充分とった人を除いて、長時間の空路で疲れた人はやっと地に足が着いて安心したのか、うとうとと舟を漕《こ》いでいる。

車中から進行方向左手に広大な軍人墓地を望む。青い空に手入れされている緑の芝生が映えている。整然と並ぶ白い十字架がどこか神々しい。

市内に入ると、ほどなくどこか見覚えがある風景を目にすることになる。

サンフランシスコは観光都市だ。絵葉書に入ったような感覚になる。小綺麗だし、町並みは青い空がよく似合う。

住宅街に入ると、軒先に虹の旗を掲げている家がいくつかあった。はて、なにかのイベントがあるのだろうか。

映画の舞台としてもよく使われている。一度は目にした町並みなので馴染みがあると錯覚する。

市街を走る路面電車。映画で見慣れた、見通しが利く長い坂道――。いつか観た映画の一場面が脳裏に浮かぶ。

個人差はあるだろうが、私の場合はなんと言っても『ダーティハリー』シリーズだ。小学生から中学生時代にかけて夢中になった。面白いので日本の漫画でも元ネタとして使われたものがいくつもある。『ダーティハリー5』だったか、爆弾を積んだラジコンカーを振り切るために町中を走り回るカーアクションには、どきどきした。

ダーティハリーシリーズはアクションを売り物にしていたが、一作目は社会派だった。それまで『走る』『撃つ』『叫ぶ』が主流だった刑事ドラマに新風をもたらした作品である。信念を腹に据えたハリー刑事は決して叫ばない。口調はもの静かでありながら、額に汗して走り、大型拳銃を事もなげに撃つ。悪党を倒すのはマシンガンの乱射ではなく、ただ一発の銃弾という人物像に私は唸《うな》り、痺《しび》れたものである。当時俳優を目指していたアーノルド・シュワルツェネッガーも「立て続けに五回観た」と後年インタビューで語っていたので、やはり世界中に衝撃を与えたことは間違いない。

サンフランシスコではダーティハリーだが、各州にはそれぞれヒーローがいる。ロサンゼルスなら刑事コロンボ、デトロイトならロボコップ。ヒーローが求められる町というのは、ひょっとして治安が悪いのではと心配してしまう。架空の都市だが、犯罪が蔓延《まんえん》したゴッサム・シティにはバットマンだ。

それだけ町には暗部があるということだ。どこの町に住んでいようが、危険な人や場所が存在する。

ホテルに着いて、すぐにスケジュールの意識合わせと、夕食まで自由時間となるためホテル周辺の説明があった。

メインストリートとは通りを一本離れている。少し歩けば賑やかな町並みを楽しめるのだが、ホテルは繁華街の外れに位置している。観光客は足を踏み入れないエリアとの境にあるので、逆方向へ足を向ける際には注意してほしい、と釘《くぎ》を刺された。

部屋に荷物を置いて早速外へ出てみた。ホテル前から周囲を見渡すと、たしかに右と左では明暗が分かれている。左側に目を向けると、通りの先に歩く人の姿が多い。しかし右手には通行人の姿はない。そのせいか、どこか寒々しい印象を受ける。かつてイタリアのナポリの町を半日歩いたことがあるが、そのとき感じた警戒心がむくむくと湧き上がってきた。

人が持っている危険察知能力は、犯罪者などの人間に対するものだけではない。他の生きものや場所に対しても働くものだと私は思っている。これだけ明暗が分かれていればむしろありがたい。君子危うきに近寄らず。

私はホテル周辺の基本的な地理を頭に入れるため、少し出歩いてみることにした。メインストリートを歩いて、人の多さや店の種類、位置や距離を確認する。とりあえず安全なエリアを意識に刻む。数百メートルのエリアをぶらぶら歩いたあとでホテルへと戻った。

夕食後に酒が入るのは会社員の性分だろうか。私は下戸《げこ》のクチだが、歓談して数名と知り合った。

組合には酒豪が多い。そのせいでもなかろうが無頼派を気取る人もいる。

関口通《せきぐちとおる》は東京支部の役員である。したたか酔った彼は、「ちょっと外の風にあたろう」と言って外へ出た。お偉方の一人なので放っておくわけにもいかない。同席していた支部の若手と一緒にあとへついた。

夜の八時になろうかという時間だった。メインストリートの方角も薄暗くなり、人通りは少なくなっている。逆側の観光客にはお勧めできないというエリアには、昼間は窺《うかが》えなかった人の気配がある。長身や巨軀《きょく》の影がいくつか動いている。そこへ腕を絡めていく女性もいる。

危険察知は生きものとして本能的に身についている。見通しが悪い暗がりの道の先に不安が湧く。足を向けるべき場所ではないと、身体中に危険を告げる警戒感がびりびり奔《はし》る。

「えーと、観光客はあまり行かないっていう通りはこっちだっけ」

関口は上気している顔を綻《ほころ》ばせた。

「行ってみないか」

私はやんわりと止めに入った。横の若手も合わせる。

「いえ、いけません。危ないですよ」

「駄目ですよ、関口さん」

私は重ねた。

「あちらには行かないようにと言われたでしょう。しかも注意したガイドは支部の人ですよ。支部役員のあなたが破ったら拙いでしょう」

「男が、そんなことでどうする。危ないと言われた場所なら行ってみないとしゃあないだろ。なんなら俺一人でぶらついてくる」

私の胸中に怒りが湧いてきた。行くなら一人で行けばいいだけだ。

わざわざ若手を連れ出して呼びかけていることに、計算ずくの行動が垣間見《かいまみ》える。いざとなれば私たち二人を盾にできるからだ。危険回避のために他人を利用しようとしていることに腹が立つ。

「あなただけの話ではないんですよ。聞いた以上、一人で行かせるわけないでしょう。そして、なにかあったら私らが護《まも》ることになる。それこそ身を挺《てい》しても、です。

結局、危険な目に遭《あ》うのは私らです。上位の職に就いているあなたは常に護られる存在だと自覚してください。いいですか、あなたの身勝手な行動は、周囲の人を巻き込むことになるんですよ」

私は深く頭を下げた。

「周囲にいる部下のことを思いやってください。お願いします」

止められるとは思いもしなかったのか、関口は固まった。

支部の若手もまた、私の横で頭を下げる。

関口はばつが悪くなったらしく、口を結んでホテルへと戻っていった。

私らも安堵してホテルへと戻った。

しかし翌朝、一緒にいた支部の若手から、とんでもないことを聞かされた。

関口は一度部屋に戻ったが、その後自分の部屋に女性を連れ込んだ。ホテルのフロントから女性の宿泊分を請求されたという。

無頼にもほどがある。

どこの世界にも暗部はあるのだと思い知らされてしまった。

*

出張の期間内では何度か自由時間があったため、私は積極的に町を歩いた。半日が自由になった日などは二両編成の路面電車で少し離れた場所へ出かけた。

海外を歩くといつも思うのだが、とにかく広い。たぶん日本が密集しすぎているのだろう。『ちょっと歩く』どころではない。ハイキング気分だ。ダウンタウンにあるミッションドロレス公園は昼間でも人影は少なく、却《かえ》って誰かを見かけるとこちらが身構えてしまうくらいだった。住居と住居の間にも距離がある。家屋が並んでいても庭がある環境は実に羨ましい。そういえば私の家も、子どもの頃は周囲が菜の花畑だったなとノスタルジーに浸る。

住宅街をのんびり歩いてみた。

いくつかの家の玄関に虹の旗が掲げられている。家の人が私を見つけたらしく、窓の向こうから微笑《ほほえ》んできた。眼鏡をかけた、髭を蓄えた太鼓腹《たいこばら》の中年男性だ。どこか女性的な、にやけた笑みだった。なにか語りかけているようだが、よく聞き取れなかったので聞こえないふりをして通り過ぎた。

通りにプラモデルの専門店を見つけたので入ってみたら、店内風景は日本と同じだった。扱う品に大型のものが含まれているくらいで、ほとんどの箱の大きさやイラストはまったく同じと見紛《みまが》うほどだ。模型作りは世界共通の趣味なんだなあと親近感が湧いた。

路面電車で繁華街へ戻り、ウインドウに並ぶ品を眺めながら歩く。メインストリートの人通りが少なくなったところで、通りを一本外れて、ぐるりと周辺を回ってホテルへ戻ることにした。

交差点で道を左に曲がると、いきなり町の風景が変わった。

商店が並んでいるものの、軒先には鉄格子《てつごうし》が嵌《は》められている。ウインドウショッピングを楽しみたかったが、これでは情緒に欠ける。鉄格子の隙間《すきま》からガラスの向こうに陳列されている品を眺めるしかないからだ。

通りで見かける人の姿も変わった。明らかに観光客ではない人相の、ラフな服装をした人たちだった。体格が大きいので立っているだけでも圧を感じる。あまり近づきたくない。

なんだか甘ったるい匂いを感じて近づいてみたら、ケーキ屋だった。しかしウインドウに並べられた大型のケーキは白くない。薄桃色をした、男女の生殖器だった。

高さにして二フィート――六十センチくらいだろうか。まるで陰陽石《いんようせき》か道祖神《どうそじん》だ。男性器を象《かたど》ったケーキには圧倒される。これほど大きくなったら身体中の血液がとられて立つこともままならないだろう。いや勃《た》っているのか。

女性器を模したケーキには、頭から入っていけそうな気がする。それこそ身体ごと通るのではないか。子どもの頃は箪笥《たんす》の引き出しとか鏡の中とかへ入る自分を夢想したが、これは衝撃的だ。トラウマになる。『鏡の国のアリス』ならぬ四文字言葉の国の……いや、やめておこう。

まず日本では拝めないだろう。東京銀座《ぎんざ》の一角にこんなウインドウがあったら誰でも腰を抜かす。

横に写真が飾られている。結婚披露宴の写真だ。どうやらウェディングケーキらしい。実際に使用したときのものだ。

ケーキを前に、新郎と新婦がナイフを手にした写真だ。

……痛い。

新郎新婦が男性の生殖器を象ったケーキにナイフを入れていく。屹立《きつりつ》した男根が縦に裂かれていく。

痛い痛い、いたい。

妄想を逞《たくま》しくさせた私は足をふらつかせながらその店をあとにした。

ほどなくシガーショップを見つけた。

ZIPOのライターを部長から頼まれていたことを思い出し、店へ入った。頼まれたことは早めに済ませておきたい。空港でも置いてあるだろうが、他の土産物も予定しているので、それだけ時間がとれるか分からない。

幸いにして目的のものはすぐに見つかった。観光用のものはよく売れるらしく、カウンターのすぐ前に陳列されていた。

私は手短に会計を済ませて外へ出た。

……どこから騒ぐ声が聞こえる。

通りの向こうで数人ががなり合っていた。道路脇に数台のバイクが停まっている。どうやらストリートギャングたちの喧嘩《けんか》らしい。

途端に意識が警戒態勢に入った。

頭に血が上った若者が暴走しがちなのは万国共通だが、ここはアメリカだ。ナイフどころか銃が出てきてもおかしくない。通りの角を曲がったら、ただ財布が欲しいために喉を切られて通行人が殺されたなんて話もある。学校で銃が乱射されて、生徒の子どもたちが死傷したなんて事件は日本では考えられない。モデルガンの銃口を向けただけで、正当防衛で殺されても文句は言えない。

日本では漫画の世界だが、アメリカでは現実だ。

周りが護ってくれるというのは日本人の平和ボケした感覚だ。自分の身は自分で護らなければならない。

私は様子を窺いながら気を引き締めた。いつでも走って逃げられるよう身構える。

店の前で向き合っていた二人が互いに摑みかかり、ドアガラスが砕ける音とともに店内へ姿を消した。

途端に店主らしき男の叫ぶ声が響く。

「お前ら、ドアはなんのためにあると思ってるんだ！」

騒ぎが大きくなってきた。

巻き込まれたくなかったので、私は覚えたてのアメリカンジョークを呟きながら足早にその場を離れた。

「それはドア屋が儲《もう》けるためさ」

＊

ふだん気にしないぶん、時代の流れは早く感じる。平成の時代に生まれた『ＩＴ産業』『ＡＩ』という言葉すら生まれて久しい。

コンピューターのイメージを語らせれば、その人の世代が分かる。

私の場合、コンピューターと言えば、がしゃがしゃ音を立てながら無数の穴が穿《うが》たれたテープを吐き出す電算機だった。小学生時代――昭和四十年代の頃だ。もしかしたら人間の頭や算盤《そろばん》の方が早いのではと思ったことを覚えている。

それがインベーダーゲームになり、家庭用のファミリーコンピューターが登場して一気に『すげえ！』となるのだが、そこまで十年くらいかかった。

日本においてアナログからデジタルへ大きく動き出したのは昭和五十年代の後半からである。算盤から電卓へ、ダイヤル式の黒電話からプッシュホンへ、稼働部を電子制御することにより小型化が進む。

通信ネットワークのデジタル化実験が行われたのは昭和五十九年（一九八四年）、東京の三鷹《みたか》市だった。このときの結果から音声は八百階梯《かいてい》の信号でほぼ自然な音になることが分かり、デジタル音声信号の参考になった。

平成に入ってコンピューター技術と普及が一気に進む。パーソナル化したコンピューターはＯＳの進化によりスタンドアロンからＬＡＮ端末、そしてインターネットの整備によるネットワーク端末となったのが二十世紀末だった。『ＩＴ』――情報技術という言葉が生まれたのもこの頃である。

社内でOA端末の配備とLANによるネットワーク化の仕事を担っていた私は積極的に勉強した。日本を有力な市場と見た米国マイクロソフト社のビル・ゲイツが千葉県の幕張《まくはり》メッセで講演すると聞いて、率先して受講した。その内容よりも、会場へヘリで来て、講演が終わるとすぐに成田《なりた》へ飛び立っていった姿に驚く。毎日が分単位で刻まれたスケジュール、仕事はほぼ移動中の機内だという話はあながち嘘ではない。

これら情報化社会の技術革新を牽引してきたのが、『シリコンバレー』と呼ばれるアメリカの地域だった。そこに今回の目的地、ユニオンの本部ビルがある。

シリコンバレーはカリフォルニア州の北部にある、サンフランシスコの一地域である。技術者が集まり最新のコンピューター技術が生み出される場所として、一九八〇年代初頭には世界中から注目された。

そんな場所へ赴くとなれば、職場の端末をLANで結ぶ工事を実際に自分自身で手掛けた私としては胸を躍らせずにはいられない。

シリコンバレーはサンフランシスコの町からバスで小一時間。いったいどんな都市なんだろう――逸《はや》る気持ちを抑えながら意見交換会へと臨んだ。

市街地を出ると建物がなくなり、バスは荒野の一本道をひた走る。

世界最新の技術が日夜生まれる町というのは、はたしてどんな建物が並んでいるのか。どれだけの企業がビルを並べているのか、どんなデザインのビルなのか、興味は尽きない。

意見交換会の参加者十二人を乗せたバスの座席に揺られながら車窓を眺めていると、後ろの座席に座っていた大竹知可子《おおたけちかこ》が声を上げた。

彼女は組合東京支部所属の、本来の所属である会社部署には顔を出さない、専任執行委員である。生協関連で、何度か電話で話した。組合員の家が落雷被害に遭った際に、壁に埋め込まれたコンセントの差し込み口から、炭化した粉が吹き出した写真を添えて手続きを相談したこともある。

「さっき、道の脇に人が立ってたけどヒッチハイクですかね。傍に車もなかったし。でも手を挙げられても乗せるのは躊躇いますよね。危ないもの」

そりゃそうだと思う。なにしろリスクが大きい。乗せた途端に銃を突きつけられたらたまらない。自分の身は自分で護らなければならない。不人情と言われようが、これればかりは仕方ない。

バスの後ろを振り返ったが、人の姿は見えなかった。バスといえど速度はそれなりにある。

「そんな人、いましたか。気づきませんでしたが」

「え、いましたよ。……ほら、まだ見えます。黒ずんだ赤い――ワインレッドのシャツを着た男の人でした」

彼女は後方の左手を指したが私には確認できなかった。

「わたし、目がいいんです」

見間違いではないと言いたいらしい。

「チカちゃんは特別だからな」斜め前方に座している関口が呟く。

組合の東京支部では有名らしい。

「チカちゃんは、普通の人には分からないことでも気づくんだよなあ」

関口は含みのある言い方をして大竹を見遣《みや》ったが、大竹はバスの後方に顔を向けたままだった。関口の言い回しには、理解者を装っているが大竹を小馬鹿にしている印象を受ける。

私は気を取り直して視線を前方へ戻した。

周囲は荒野だ。その中をバスは走っている。時折道路脇に建物があるが、密集しているわけではなく、距離を置いてぽつりぽつりと平屋か二階建ての建物が続く。どれも工事現場のガレージ宿舎のような建物だ。テロに遭ったらひとたまりもないと思えるが、それなりに警備を整えていたり、地下にパニックルーム――非常時の避難場所を用意してあるのだろう。

「もうすぐ着きます」

運転席の横に座っているガイドを務める支部執行委員がアナウンスした。

私は耳を疑った。前方にはなにも見えない。相変わらず荒野の一本道が延びているだけだった。

「シリコンバレーだと聞きましたが、あとどのくらいですか」

「シリコンバレーなら、ここですが」

私は目を丸くした。

彼は続けた。「ここがそうです。いまバスが走っているここが、シリコンバレーです」

道の左側にモーテルを想起する横長の建物が流れていく。私はその建物を目顔で指した。

「ああした建物が、一つ一つの会社なんですか」

「そうですよ。点在している建物が、世界中のＩＴ産業を担う最先端技術を開発している会社です。土地が広いので平屋や二階建ての建物が多いのが特徴ですね。……日本の会社ビルとはイメージが違いますよね。でも個人会社が多いですし、ほとんど技術者なので、こんな殺風景な場所の方が仕事に集中できると思いますよ」

「はあ……」

私は肩を落とした。あまりにもイメージと違っていたからだ。

「てっきり大きな技術会社が集まっているのかと思いました」

「ああ、なるほど」ガイドは頷いた。

「日本とは企業イメージが違いますよね。このシリコンバレーは、個人の技術者が集まっている場所です。個人で会社法人を興《おこ》して、新技術を開発して、大きな会社に売りさばいていくのが普通なんですよ」

「その新技術で自分の会社を大きくしようとはしないのですかね。鶏口となるも牛後となるなかれ、です」

「ああ、そういう考え方もありますね」再びガイドが小さく頷く。

「でもね、新技術を開発したら、必ず大企業が手を出してきます。その個人を高給で引き抜くのが手っ取り早いのですが、その後の展開は決まってますからね。あまり利口じゃない」

「なぜです」

「たしかに大企業はその個人を高給で迎えます。ただし社員になった以上は、開発した新技術に関する特許をこの会社のものにしなさいと迫ってくる。仕方なく新技術を譲渡しなければならない。だけど新技術が会社のものになったら、もう会社としてはその技術者に用がない。長くても一年半で放り出されますよ」

「うわあ……。情けもなにもないですね」

「だから個人経営者は新技術の特許を自分個人のものにして、使用権を自分の個人会社のものとして登録するんです。そして大企業から打診があったら自分の特許には手を出させず、『使用権を持っている会社』だけを売る。こうして自由になった技術者は、また新たな会社を興す。この繰り返しですよ。だから会社が大企業に飲み込まれたというのは成功事例にあたります」

「なるほど」

生活基盤を他人や会社に依存しない、個人主義の考え方なんだなあと思う。勉強になった。

しかし日本でも個人経営者となれば、そんな考え方をするのかもしれない。

やがて道の左に四階建てのビルが見えてきた。心なしか高く感じる。

「ああ、着きましたよ。あそこです」

組合本部ともなれば仕事は事務が大半になる。小ぶりの建物だが、それで充分なのだろう。

バスから降りた私たちは、早速ビルの会議室へと案内された。飾り気のない、レンタルスペースを想起させる殺風景な部屋だった。

私たちは八人の役員に迎えられ、ユニオンの側から自己紹介が始まった。

一通り終わったとき、五十歳前後に見える女性が入室してきた。ふっくらとした大柄で、眼鏡をかけている。

彼女は席に座らず、立ったまま遅刻の謝罪を述べ、自己紹介をした。

「そして私事で恐縮ですが……」

彼女は最後に一言付け加えた。

「つい先ほど、わたしはおばあちゃんになりました」

一瞬の間。

「コングラチュレーションズ！」

手を叩《たた》きながら、最初にお祝いの言葉を贈ったのは私だった。

会議室に拍手が湧き上がった。

「男の子ですか、女の子ですか」

「元気な男の子だと、娘から連絡が入りました」

嬉しさを隠せない彼女は、満面の笑みを浮かべながら席に着いた。

こうしたアットホームな雰囲気の中で、今度はこちら側の自己紹介が始まった。

「……この意見交換会の一週間を通じて、日頃感じている思いや悩み事を交わせたらと希望しています」

大竹は自己紹介を言い終えて着席した。次は私の番だ。

私は地域分会の一般執行委員だ。組織は本部、支部、分会で構成されるので末端組織にあたる。厳密には、さらにその下に部会があるが、部会は離れた職場に必要に応じて設置される組織なので例外にあたる。

私の職位は、組合組織の中では『最下層組合員』『末端構成員』と英訳される。そんな位置づけらしい。

「なぜお前のような職位の者がこの場にいるのか」と白い目に堪《た》えつつ場に臨む。

拙《つたな》い英語で自己紹介をして、最後にプライベートなコメントを付けた。

「私には収集癖がありまして、サンフランシスコの町での買い物がとても楽しみです。実はバットマンの大ファンです。バットモービルのモデルカーを見かけると、思わず見とれてしまい、玩具店のショーウインドウの前で立ち止まってしまうほどです。アメリカが、大人たちですら夢中になれるキャラクターを生んでくださったことに感謝します」

ユニオンの役員たちの表情が綻ぶ。

「実は今回の渡米に際して、買い物予算として二千ドル用意してあります」

「アメリカ経済に寄与してくださり感謝します」

ユニオンの重役からコメントを返された。なかなか味がある。

意見交換会に入ると、私は真面目な意見を投げた。

私は法人営業部の営業企画担当であり、職場の運用と統括を主な役務にしている。組合対応も仕事のうちなので、その対応資料の作成もしていた。そして組合の執行委員でもある。

つまりこういうことだ。私は組合執行委員として会社に対して質問し、同時に組合対応部署の職員として会社経営者が質問に回答する資料を作成する。末端の会社組織では、現実にこんな猿芝居が起きている。サービス残業なんて日常茶飯事だ。

そのことを話したら、「現場では、この国でもそんな事例はある」と言われた。

ユニオンの重役は、重々しい表情で答えた。

「もしサービス残業がなかったなら、アメリカでの産業はここまで発展しなかっただろう」

ぶっちゃけられた。サービス残業は、仕事に対する情熱が現れたという一面もある。やはり世界共通の出来事だったのだ。

「バランスが肝要だ」彼は言った。

「情熱と対価。精神と身体。なににでも言えるが、納得いかないという思いから生まれる精神的な歪みを自己管理できなくなった職場環境こそが問題になる」

私は納得した。なにより正直な受け答えをされたので、私は満足した。

意見交換会が終わったあとは市内へ戻って食事会である。

「日本の牛肉は驚くほど旨《うま》いが、アメリカにも目玉が飛び出るくらい美味しい牛肉があることを知っていただきましょう」

連れていかれたステーキハウスで、私たちはアメリカンステーキに舌鼓《したつづみ》を打つことになった。

一つの丸テーブルに四人。食前酒で乾杯すると中央にパンが積まれた。前菜が山となった、洗面器ほどの大きなボウルが運ばれてきたので、私は四人分だと思ってテーブルの中央へ押しだそうとしたが、それは一人分だと言われた。

続けてそれぞれの席に洗面器ほどのサラダが並ぶ。

「どうぞ存分に食事をお楽しみください」

言葉を失った私たちはぎこちない笑みを返した。

これを食えと。自分の頭ほどの量がある、このサラダを食えと。

しばらくして肉厚のステーキが目の前に出されたが、私たちはすぐにナイフとフォークに手を伸ばすことができなかった。

確かに目を剝いた。アメリカのディナーは驚くほど量があった。

＊

意見交換会のための海外出張とはいえ、慰労の意味を含んでいるので一日は観光にあてられた。

ラスベガスを提案した者もいたがサンフランシスコから遠すぎる。飛行機を使う距離になってしまう。手頃なところでヨセミテ国立公園が選ばれた。

片道約四時間の日帰りコースである。途中休憩は一度。

車中で腹が空いたときのためにホテル近くのスーパーマーケットでミルクコーヒーとドライフルーツのアプリコット——杏《あんず》を買ったのだが、やはり量が多い。さすがアメリカである。つまみになるような、手頃な量のドライフルーツなんて一つもなかった。道中は、数キロの杏が入ったビニール包装の袋をぬいぐるみのように膝の上に乗せて座席に座っていた。

現地に着いてバスを降り立ったときに感じたのは空気の旨さだった。ただならぬ場所だと実感できる。

その時間に訪れた観光客はそれほど多くない。私たちを含めても三十人前後だった。広い場所なのではぐれてしまうことだけが心配だ。

ヨセミテ渓谷を歩きながら景観を楽しむ。

そこが特別な場所であることを実感したのは、見晴らし台に辿り着いたときだ。いままで見てきた観光地とはスケールが違う。なにしろ見晴らし台から見える、取り巻く山の一つ一つが日本の富士山クラスなのだ。

天地創造の一場面に遭遇したような思いだった。実際、腰を抜かすかと思った。

その場でしばし休憩となった。

ガイドに促されて、巨大な岩壁を見上げる場所へ移動した。

エル・キャピタンは世界最大の一枚岩である。谷底から垂直に立つ花崗岩《かこうがん》で、高さは千メートルを超える。岩壁には常に複数のクライマーたちの姿があるが、肉眼では見えづらい。

「視力が『2・0』あればクライマーを見つけられますよ。『1・0』だと双眼鏡を使わないと難しいでしょうね」

一千メートルって。千メートル以上の絶壁って。うわあ。

町にある高い建物といえど、せいぜい二百メートルだ。それでも見上げれば目まいを感じてしまう。

「途中で落ちる人もいるのでは」

「もちろん死亡者もいます。ここを登るクライマーはみんな命知らずですからね」

私たちは、しばし無言でエル・キャピタンを見上げた。

「あれ、違うかな」

「あそこ、動いた」

「私も見つけた。二人いる」

私には見つけられなかった。ただの絶壁にしか見えない。

「二人かな」

「俺には一人しか分からないなあ」

「わたしは全然。一人も見えない」

大竹が呟いた。手庇《てびさし》をしながら岩壁を注視している。

私は首を傾げた。〝目がいい〟と聞いた覚えがあるのだが。視力のことではなかったのか。

「うーん、やっぱり無理ですね。遠すぎて見えない」

大竹はかぶりを振った。

私たちは視線を岩壁へ戻した。

「……俺には一人だけだな」

「僕にも二人が精一杯です」

ぼやく声が上がる。

目を凝らしたものの、やはり私には一人も見えなかった。

夜にホテルへ戻ったら、抱えていた杏の袋は空になっていた。

ぬいぐるみほどあった杏を平らげた自分の胃袋にも驚いたものだが、とうぶん好物の杏を遠ざけてしまったことは否めない。

＊

予定通りの日程を終えて、私たちは帰路に就いた。

空港へ向かうバスの車中で思う。

一週間も職場を離れたので、戻ったらしばらくは仕事に追われるだろう。覚悟せねばなるまい。

荷物になるので、土産は空港の待ち時間を利用して手頃なものを探すつもりだ。ハワイならマカデミアナッツチョコレートだが、カリフォルニアだとどんな土産があるだろう――。

そんなことをつらつら考えていたら、往路では眠っていた大竹知可子が前の座席で声を上げた。

「すごい人出ですね。軍人墓地でなにかイベントでもあるのかな」

車窓に軍人墓地が見える。整然と並ぶ白い十字架が後方へ流れていく。

しかし人の姿などどこにもない。緑の芝生が広がっているだけだ。

「え、どこ」

「あそこですよ。ほら、あっちにも。軍服を着てるし、他の人も昔の服装ですよね。仮装大会でしょうか」

しかし彼女が指さす方向には、やはりなにも見えなかった。

「ほら、あそこにも……ああ、通り過ぎた」

バスは軍人墓地を越えて、空港へと走った。

「でもみんな服が汚れていましたよね。腕がない人もいたから傷痍軍人さんの集会ですかね。脚が一本だけで立ってた人もいましたよね」

どれだけ目を凝らしても、私には彼女が言う軍人やオールドファッションの人は確認できなかった。

そんな派手な人たちがいたなら、誰もが気づいて騒ぎ出しただろうに。

「そうですか。わたしだけでしたか」

嘆息しながら大竹は座席に身を沈めた。

＊

日記を読み返すと懐かしい思い出が甦ってくる。当時は気がつかなかったことすら視える。

〝わたし、目がいいんです〟

いまになって思う。

大竹は意見交換会の一週間を通じて、さりげなく仲間を探していたのだ。

自分と同じく、悍《おぞ》ましい亡者が視えてしまう悩みを持つ仲間を。

著者撮影

「柊《ひいらぎ》」の一番長い日・前編

昼食のラーメンを食べ終え、食後のコーヒーを淹《い》れていたときに電話が鳴った。

「あー、独行《ひとゆき》だけど」

相手は私の名を名乗った。

瞬時に頭が創作脳に切り替わる。すわ頭に血が巡り、メーターが急上昇してぶん回る。

本当に私なのか。いつの時代の私だ。それとも別次元の私か。なんの報《しら》せだ。もしかして私自身の人生に関わる、緊急の電話なのか。

ドッペルゲンガーを見かけると死ぬというが、電話の声なら大丈夫なのか。

慌ててメモ帳を引き寄せてペンをとる。

「実は携帯落としちゃってさあ。新しいのにしたから、電話番号メモってくれる？」

ただの詐欺《さぎ》電話だった。しばらくすると伝えられた番号から泣き喚《わめ》く電話が掛かってきて、やれ仕事でミスをしたとか事故ったとか理由をつけて泣き喚く。うるさいだけで迷惑だ。

正直なところ気落ちした。ええい、余計な期待をさせやがって。

とりあえず相手に喋《しゃべ》らせよう。

「どうした。いつ、どこで落としたんだ。心当たりはないのか。警察に紛失届は出したか」

「いやあ、ぜんぜん覚えてなくてさ。とりあえずショップへ行って携帯は止めてもらったよ」

「ちょ、ちょっと待っててくれ」

レコーダーはどこだったか。声色を使っていても声紋は変わらない。九秒あれば特定できると聞いたが、できれば十二秒くらいは声を録《と》りたい。

急ぎ部屋へ戻り、机の引き出しから小型のＩＣレコーダーを取り出す。こんなことなら家を改築した際に、家の固定電話をコードレスにしておけばよかった。

舌打ちしながら台所へ戻った。

「おお、待たせたな。メモするから新しい電話番号を教えてくれ」

どうせ足がつかない番号だろうが、声そのものが証拠資料になる。

機械的な信号音が受話器から流れている。通話は切れていた。

どうやらこちらの対応に不審なものを感じたらしい。危険予知だけは人一倍だ。

手にしたＩＣレコーダーの電源を切り、私は受話器を置いた。

詐欺電話が爆発的に増え、警鐘されて久しい。毎日のようにマスメディアでも取り上げられている。

エッセイで書いたこともあるが、今回はさらに深く掘り下げた話をしよう。


――◇◇◇――


前世紀の末から、電話で家族を装い、逼迫《ひっぱく》した窮状を偽り多額の現金を騙《だま》し取る詐欺が横行した。当時は『オレオレ詐欺』と呼ばれていたが、現在は『振り込め詐欺』と呼称されている。電話をかける者、現金を受け取る者、現金を振り込ませた口座から金を引き出す者、さらにはシナリオを考える者やマニュアルを作成する者もいる。いわゆる演劇型の詐欺である。

闇社会は深く、広い。架空の人物に化けるために運転免許証を偽造する者、資金提供や名簿、口座などを専門に扱う者もいて、詐欺業界の中でも業態が出来上がっているところが怖ろしい。

『振り込め詐欺』は、家族の危機にはできるだけのことをしたい——そんな誰でも持っている家族への情愛を逆手にとった犯罪であり、悪質である。被害者の心情は、家族が誘拐されたときに等しい。

被害件数は短期間で一気に膨《ふく》れあがり、不審な電話を受けることも多くなった。年に二回は誰でも経験しているのではないだろうか。

日常生活でも不審な通話をしている者を見かける。

駅前通りを歩きながら携帯で「いつ止められるか分からん」「口座は二時間ごとに空にしておけ」「次に使う口座はこっちで用意してある」と指示している男がいた。

また、自宅の斜向《はすむ》かいが派出所なのだが、携帯電話を手にして辺りをうろつきながら泣き喚く男もいた。

「助けてくれよお。家族だろお」「すぐ金を用意してくれよお」

すぐに派出所にいた警官が職務質問したが、「うるせえ、お前にゃ関係ねーだろ」としばらく大声で叫んでいた。去り際にまた歩きながらどこかへかけて「おれおれ、いま大変なんだよお」と始めたから、もしかしたら彼らの度胸試しだったのかもしれない。

金融や医療、通信などの個人情報を多く扱う業界では、常時警察から問い合わせを受ける。

私は会社を退職する前、全国の警察からの『捜査関係事項照会書』に対応する部署に所属していた。犯罪捜査に関わる電話番号についての問い合わせである。前世紀末まで一日三十件程度だったが、流行りはじめてから一気に八倍になった。

契約者名義や設置場所、使用履歴などあらゆる情報を警察から求められるのだが、一日に職員がこなせる量は五件程度である。すぐに当日中には捌《さば》ききれなくなった。どんな事件に関するものなのか照会書には記載されていないが、中には殺人やテロなど緊急性を要する案件もあるだろうに、即時対応できない事態になったのだ。

由々《ゆゆ》しき事態である。部署の人数を増やしたが、それでも問い合わせが増加しているので遅れてしまう。ひどいときには一週間待たせることになった。どんな事件か知らないが、これでは犯人に逃げられてしまうではないか。切羽詰まった警察から、緊急対応の依頼が繰り返されたのも当然だろう。

社会貢献の意味合いが強い部署なので、会社の収益には繋がらない。年間一人あたりの人件費が一千万円として、社員を十人増やせば年間一億円の計算になる。内容が内容だけにバイトに任せるわけにもいかない。並の会社なら傾いているところだ。

おのれ詐欺師。私が抱いた思いは、正義感から湧き上がったものだけではない。普通の事件と比べて、詐欺事件は立件が微妙である。なかなか検挙されず、普通に生活している詐欺師は多い。照会書に記載された問い合わせ電話番号を打ち込み、顧客システムから同じ名前が何度も出てくると、「まだ捕まってないのか」と思うこともしばしばである。

利用している通信サービスを確認すれば、詐欺の手口は明白だ。個人名で銀座や官庁街の番号を使っているが、実際にそこに建物はなく、別の番号へ通信局から自動転送していたりすると、かなり怪しい。会社を装っているからだ。通信の秘密とはいえ、場合によっては刑事告発の対象になるのではと悩むこともあるが、被害者が分からなくては犯罪性が確認できない。

犯人が分かっているのに被害者が分からない。まるで逆ミステリーだ。そうした歯《は》痒《がゆ》い思いをすることもあった。

そんな私が、退職してからとあるジャンルの詐欺撲滅《ぼくめつ》へ向けてボランティア活動に入ったのは自然な流れだったのかもしれない。

『パチンコ詐欺撲滅の会』。

有志によるボランティア活動なので、この辺りが限界だ。下手に風呂敷を広げて活動範囲を大きくしたら自分たちの首を絞めることになる。

通称『撲滅の会』と呼ばれていた。ネットを介して集まった、有志の会である。当初はネットでの対話が主だったのでハンドルネームが呼び名として定着した。

私は『柊《ひいらぎ》』と名乗っていた。

柊といえば、邪気を払う縁起木として魔除《まよ》けに使われる。棘状の鋸歯《きょし》をもつ葉が特徴で、家を護る荒々しい鬼のイメージだったが、近年はヒットした漫画『らき☆すた』や『終わりのセラフ』などの女性キャラ名で使われたせいか、女性のイメージになっているそうな。これも時代の流れか。

メンバーがそれぞれどこの誰なのか知らないが、知りたいとも思わない。互いに知らないことがセキュリティーになっていた。

あとで分かったことだが、攻略法会社の元社員、現役のパチプロ、行政書士養成講座の運営者、プログラマーと、そうそうたる面々だった。そのうえメーカーの社員や、のちに弁護士になった者や、雑誌記事を手掛けている者も協力者として参加してくれた。

彼らとともに、私はネットで被害者から返金活動のための情報交換をしていた。

公営競技のように、金銭が絡む娯楽産業は詐欺が横行しやすい。しかもパチンコの場合、昭和の末期から平成にかけて、機種によっては本当に強烈な攻略法が存在していた歴史があるため始末が悪い。どんなデタラメな攻略法でも信憑性《しんぴょうせい》があるように思えてしまうのである。

四半期決算で数十億円を稼いだパチンコ攻略法会社は市民権まで得ていて、とある会社などはF1レーシングカーのボディにスポンサーとして会社名がペイントされ、社員がテレビに登場し、街には看板が堂々と掲げられた。一冊まるごと詐欺記事および詐欺広告という雑誌がコンビニの棚に並ぶ。詐欺グループは雑誌の流通ルートまで確保していたのである。恐るべし詐欺集団。

『花鳥風月』という女性のみの攻略法会社もあった。しかし対応の口調がひどすぎたので、全員が構成員の情婦だという噂がまことしやかに流れた。

問い合わせの電話に「あん。お前、誰。なんの用」といきなり言われたら誰でも仰天《ぎょうてん》するだろう。そんな『会社』が至極当然の業界なのだ。

パチンコ攻略法詐欺の手口は攻略法の売買だけではなくなった。『打ち子募集』として仕事を斡旋《あっせん》する手口が横行した。折しも平成不況、パチンコを知らずに生活してきた人たちが仕事を求めて被害に遭った。

まず登録料を支払う。宣伝するため、指定された店で指示したやり方でパチンコを打ち、勝ったらその半額を会社に支払う。

――そんな手口だった。被害者は仕事に飢えた社会的弱者である。

それまで働いていた会社が傾いて職を失った人が、コンビニで雑誌を手に取り、なけなしのお金を詐欺会社へ払い、さらにパチンコで生活費を失った。

かつて「楽して金を儲けたい」人をターゲットにしていた詐欺師たちは、「真面目に働きたい」人をターゲットに変えたのである。

ハローワークに行けばいいじゃないかと思うかもしれないが、それすら難しい人たちもいる。身体に障害を負っている人や、うつのような精神疾患を経験した人の雇用に前向きな会社は実に少ないのである。そんな人たちは社会的弱者となる。

そして、社会的弱者を食いものにしているのが詐欺師たちである。

当時パチンコ業界は攻略法詐欺を放置していた。以前と同様に、欲が張った奴が騙されるものと認識していたらしい。私は業界団体が運営している委員会に呼ばれて講話する機会があり、現在は社会的弱者が被害に遭っていることや、本来は店舗へ流れるはずのお金が年間百億円単位で詐欺師グループへ流れている実情を話した。生活者センターの職員方ともオフレコで意見交換会を重ねた。

これは騒ぎが収束する少し前のエピソードである。

＊

とある詐欺師グループ内で仲違《なかたが》いが起きた。数名がグループから抜けたのだが、内部情報を『撲滅の会』へ寄せてくれた。折しも当該詐欺会社の被害者から相談を受けていたときだった。決行日の約三ヵ月前のことである。

さらに同じタイミングで、テレビ番組の制作会社から取材の打診を受けた。年末などで警察関連の特番を制作している、実績のあるプロデューサーだった。仮名にするのも気が引ける方なので『S』としておく。被害者から相談料などの金銭をとらず、詐欺会社を相手にして詐欺撲滅の慈善活動をしている会に興味を持ったとのこと。

詐欺師グループの情報、被害者、犯罪者対応の知識と実績がある番組制作会社。これらが同時に集まることなんて滅多にない。

私たちは被害者とともに詐欺師の事務所へ突入することにした。

『打ち子スタッフ募集』広告に記載されている住所や代表者名はもちろんデタラメである。

寄せられた情報に基づいて、まずはSのスタッフが事前調査に入った。窓にスモークシールを貼《は》ったバンを事務所近くに駐《と》めて、二十四時間体制でビルの出入りをチェックする。雑居ビルだが、入っているテナントはすべて詐欺会社だ。当然出入りする者は、全員が詐欺師。彼らの顔写真と出入りを記録し、事前情報から身元を照合する。

入手した彼らの個人電話番号から身元が洗い出されたのだが、このときSが出した資料を確認して私は目を剝いた。私が勤務していた大手通信会社の社内システム帳票だったからだ。

蛇《じゃ》の道は蛇《へび》。狙《ねら》った的について、徹底的に調べる術《すべ》をSたちも持っている。既に退職している身でよかった。でなければ追及せねばならない立場になる。

詐欺師たちの行動を監視し、生活サイクルを調べる。立ち会っていただくために被害者には仕事を丸一日休んでもらわざるをえず、突入する日程を調整する。

そして決行日が決まった。

平成二十年（二〇〇八年）二月二十二日、金曜日。二並びの日。

7：30　鏡に向かって自己暗示。

「私はできる。私はやれる」

会社員の外回り営業マン時代に習得した技で、多少人格が変わる。スーツ姿だが靴は安全靴。なにがあるか分からない。ロングコートに身を包み、サングラスを用意した。

自宅を出発して予約していた店へ。髪型をいつもと違うかたちへ変えると面相にも影響するらしく、変装の代わりになる。

10：00　港区にある番組制作会社へ到着。

壁際に、びっしりと書き込まれたタイムスケジュールがある。スタッフの殆《ほとん》どは二月頭に自宅に帰ったきり会社に寝泊まりしていると説明されたが、いったい何人動いているのだろう。

今回の被害者と対面した。

雨月紀香《うづきのりか》と彼女は名乗った。二人の子どもを育てている母子家庭である。親は介護施設の世話になっている。借金返済のため、平日は会社勤め、土日は人材派遣で電話オペレーターの仕事をしている。

挨拶を交わしたあと、インタビューを収録した。

当初相談を受けたときに感じた弱々しさは消えている。よほど練習したのか、いまは怒りが表に出ているのか滑舌《かつぜつ》がしっかりしていた。

10：40　本日のスケジュール打ち合わせに入る。段取りの確認だ。

事前に警察には報せていない。警察を絡ませると、放送前の検閲や立件が困難な場合は放映差し止め要請が来る場合があるという。

Sは警察関係や探検隊関連の特番を作り続けてきた人なので、パイプをいろいろ持っている。特番を作っているのは三チームだが、本日の収録は全員参加。総勢何人いるのかは知らない。

隠しカメラは三台、私も装着させられたが、シャツのボタン型のカメラは違和感がないので悟られないだろう。カバン内蔵型は、持つ位置によっては違和感があるので気づかれるかも。むしろ堂々と相手の目の前に置いた方がいい。

隠しマイクは無数。いろんな型があると聞いた。煙草箱大のものが最も高性能ということで、私も買っちゃおうかなと思って値段を訊いたら「専門職用は五十万円くらい」。手が出ない。

詐欺師を招き入れるファミレス店内の卓は店の一番奥を確保する。逆光になることを考慮して、窓側奥からS、雨月、私の配置。対面に今回の相手となる詐欺師を座らせる。

周囲の卓はスタッフで占拠する。すぐ傍の卓には、対暴力団等の武勇伝を持つ屈強のスタッフが座る。がっしりとした体軀は見るからに頼もしい。

続いて手持ち資料の確認をする。公証役場へ持ち込む同意書などの作成に使う小道具を準備するも、公証役場は十六時三十分まで。公証人を立てて手続きするので最低一時間はみないといけないので、和解書を公正証書にするまで本日中は無理。追い詰める際の小道具なので実質的にはったりである。

終了予定は十九時。雨月の帰りの新幹線が二十時三十分。大阪での私鉄の時間を勘案すると、これが最終になるとのこと。

突入の予定時間は十四時前後。相手が昼メシで不在というパターンは避けたい。

次に突入までの手順に入る。

「ファミレスで電話をしてから、まっすぐ現地へ向かいます。移動時間は約三分ってところでしょうか」

Sの言葉にスタッフが捕捉する。

「逃げようとして出てきたところにばったりという画《え》も面白いですよね」

しかし私は難色を示した。

「でも警戒されて、徹底的に居留守を使われたら困りますよね」

「ならビルの前から電話しますか」

私はかぶりを振った。

「現場の部屋の前で電話して、電話を繋げたまま部屋に突入するというのはどうでしょう。慌てて電話を切られても、即再コールすれば部屋の電話が鳴るので相手は言い訳できなくなります」

「なるほど、それで行きましょう」

事務所は雑居ビルの三階。ビル内はすべて詐欺師グループ仲間なので油断しているらしく、上階の部屋のドアに鍵は掛かっていない。

突入時は遠慮なし。後で編集するので、多少間違った台詞や威圧的な言葉もＯＫ。責める際には言いたい放題で。

続いて、番組の一部に使うという音声を収録する。

会の活動について、ナレーション説明だけではインパクトが弱いのではと懸念して、被害者から相談の電話を受けたというシチュエーションで、受け答えの電話音声を録る。

メモで『できるだけ簡素に』と指示される。

「……それはお困りでしょう。会の中で情報を募集してみます」

音声だけだが、珍しく一発ＯＫだった。

ひと通り準備が終わったところで、サイドビジネス詐欺を追っている別班のチーフから声を掛けられた。詐欺の最新手口を紹介する特番を企画しているという。

「この会社、知ってます？」

見慣れた会社名が記載された登記簿だった。台東区《たいとう》に看板を出して事務所を構えているが、何人もの被害者から相談を受けている。一件は札幌地裁で争議中だ。会に送られてきた答弁の内容を先週確認したばかりだった。

詐欺会社の答弁はいつも笑える。

――「パチンコでは、一例として五十回転目にタコ、百回転目にイカが揃って大当たりといったプログラムが店によりあらかじめ組まれています。それを顧客に売るのが私たちのビジネスです」

「それを本法廷で立証してください」

「プログラムを解読して証明することは、専門家でも難しいことです」

裁判長は表情を崩さない。

「専門家でも難しいことを、本法廷に判断しろということですか」

詐欺会社の代表者は言葉に詰まった。やや間を置いて、彼は声を張り上げた。

「裁判長、こちらには和解の用意があります」

詐欺師たちは記録されることを避ける。判決まで進み、判例として残ることを嫌がるのだ。このときも執拗《しつよう》に示談を求めてきて、割り引いた金額での和解を迫ったという。

今回の被害額は六十五万円。簡易裁判所ではなく地方裁判所の管轄になるため、詐欺師は必死で逃げようとするだろう。

まずは個人を特定して表に出す。裁判に持ち込めれば勝ち目は大きい。

見慣れた会社名を一瞥《いちべつ》して、私は言った。

「ああ、これ詐欺会社ですよ。どんなサイドビジネスを仕掛けているか知りませんが、実態はもう詐欺です」

「是非お話と画を撮らせてください」

チーフに迫られて、突発的なインタビューを受ける。カメラの前で私は延々と話した。

「編集して使わせていただきますね」

どうぞ、と快諾してインタビューを終えた。

12：30　出発。

ビル前で張り込みをしていた先発隊のスタッフから、「中にいる」と連絡が入る。

「では行きましょうか」

Sの声で全員が動き出した。外の車に乗り込み、板橋《いたばし》区へと向かう。

車中で、Sが再度張り込みスタッフへ詐欺会社事務所の動向を確認する。

「部屋には複数います。でも具体的な人数は確認できません」

ふう、とSは溜め息を吐きながら通話を切った。

「神経が張ってますね」

私が声を掛けると、Sは声を落とした。

「実は、ちょっと気になることがありましてね……」

最初にスタッフが「広告を見て資料請求した」ときは、すぐに折り返し誘いの電話が掛かってきたのに、続いてスタッフたちがそれぞれ日を分けて資料請求した際にはなにも連絡が来なかったとのこと。

まったく動きがなくなったのだ。

「まさか高飛びの準備ですかね」Sは不安顔だ。

「社名を変える時期なんでしょう」

私は説明した。

詐欺師たちは三ヵ月から四ヵ月ごとに社名を変える。事務所は変わらないものの、被害者たちからの追及を逃れるために、会社名や住所や代表者名を定期的に変える。当然、その時期は表立った動きはしない。その時期にアプローチがあれば、次の会社のカモとして扱う。

今回の会社名だと、すでに三ヵ月が経過している。微妙なラインだった。

「大丈夫、私らは間に合いました。身柄を押さえれば逃げられませんよ」

同乗している雨月に聞こえるよう、私は言った。

13：20　ファミレスに到着。

一番奥の席を確保し、カメラテストに入る。周囲の席が空く都度、順次スタッフを配置していく。

全員で軽めの食事をとる。私はカツ重を頼んだ。

14：00　詐欺会社事務所へ出発。

詐欺会社事務所がある雑居ビルは板橋区役所のすぐ近くである。

拉致《らち》した者を監禁する部屋が用意されていることも多い。ビルを見上げると窓の外側に鉄格子が嵌められた部屋があるので、すぐそれと分かる。

なぜか詐欺師たちは区役所や登記所の近くに居を構える。近隣のアパートやマンションなどの集合住宅を調べると不審者がうじゃうじゃいる。それだけ記録の確認や書き換えに即応できる態勢で生活しているのだろう。

突入メンバーは被害者の雨月、S、隠し撮影用スタッフ、そして私の計四人である。

ビルの出入り口左側に各部屋のポストがあった。正面にはエレベーター、右が階段になっている。私たちはエレベーターで三階へ向かった。四人で階段を上がったら、さすがに気配で気づかれるのではと危惧《きぐ》したためである。

エレベーターを降りると、左側が階段だった。右側に通路があり、先に部屋が二つ並んでいる。さらに右に折れると、奥に二つのドアがある。計四部屋だ。

奥の301号室が今回の相手『ドリームライフ』である。他にも『ジャパンライフワーク』という名も使っているが、半年後は別の名になっていることは想像に難くない。

ちなみにすぐ上の401号室が、詐欺グループ会社を統括する『エージェントクルー』という会社である。この雑居ビルすべてが同じ詐欺会社グループなのだ。

階段の踊り場、三階と四階の中間で雨月がドリームライフへ電話を入れた。

「昨年契約した雨月ですが、担当の仲本《なかもと》さんをお願いします」

「しばらくお待ちください」

ややあって、「仲本は退職しました」と返事があった。

「それでは上司の田中《たなか》さんをお願いします」

「お名前をもう一度お願いします」

「雨月です」

「少々お待ちください」

待つことしばし。

「田中です。なんの用ですか」

「去年の七月から返金をお願いしてまして、直接来ても良いとのことだったので、これから伺いたいと思います」

「いや、そんな話は聞いてませんが……」

どうやら相手は個人情報は保管しているものの、電話の日付や内容、交渉経緯などの関連情報は保管していないらしい。

電話が長引いたため、四階から私服の男が出てきて、上から階段を覗いてきた。下りてこようとしたので、すかさず私が通せんぼをする。

「なにかあったんですか？」

「ちょっと下の会社に用があってね」

サングラスとロングコート姿の私を訝《いぶか》しみながらも、彼は戻っていった。

四階から上には階段に段ボール箱が積まれている。手入れが入った場合の時間稼ぎのためだ。通販詐欺を扱っているのだろうが、実に分かりやすい。

すると今度は、スリーピースのスーツ姿の若い男が出てきて、こちらを一瞥した。

事前資料にあった助川《すけがわ》である。エージェントクルーの顧問で、いくつもの詐欺会社の面倒を見ている男だ。

三階へ通じる階段の前は私が塞《ふさ》いでいる。

一度『空き部屋』と貼り紙されている一番手前の部屋へ入るも、すぐに出てきてこちらに声を掛けてきた。

「なにかあったんですか」

「下の会社に用だ。三階の会社にね」

下から合図があった。まだ電話中だったが、強行突入の合図だ。

階下へ下り、301号室へ急ぐ。部屋の前ではSがドアノブに手をかけて回そうとしていた。

（ヤバイ。鍵が掛かっている）Sが囁《ささや》く。

強くノックする。

「森山《もりやま》さん！」

ドリームライフの代表者であり、事務所にいる詐欺師の本名である。事前情報と調査で顔も名前も割れている。

「森山さん！」強くノック。ノック。

突然、ガチャリと鍵が外される音。

ドアが開いた。

「はい、どな……」

声を待たずに、私たち四人は部屋になだれ込んだ。

14：10 事務所内突入。

ドアを開けた若い男は呆気《あっけ》にとられている。

Sが奥までずんずん進む。

大きな応接セットと、壁に神棚があった。その下に小さな仏壇が設《しつら》えられているが遺影などはない。手入れがあった場合に備えて、犯罪事件に絡んだ人物が写っていたら拙いのだろう。下手《へた》な証拠や記録は残さないのが彼らの鉄則だ。

部屋の中ほどには大きな衝立《ついたて》があって、その向こうは見えない。衝立の陰から、のそりと若い男が出てきた。隠し撮りした写真で何度も見かけた男だ。

「どな……」

男が言う前にSはまくし立てた。

「ここはドリームライフさんですよね」

一瞬、男の身体が震える。バレる筈のない場所がバレているという驚きが表に出ている。こんな事態をまったく想定していなかったのかもしれない。下っ端《したっぱ》とはこんなものだ。

「ここはドリームライフさんですよね。責任者はどなたですか」更にSが突《つつ》く。

「あ……責任者は私ですが」

今度は私の番だ。

「ああ、あなたが責任者の森山仁晃《ひとあき》さんですか」

まるで鳩が豆鉄砲を二度食ったように、男は身体を大きく震わせた。

ドリームライフのネットサイトでは、代表者は『松木健太《まつきけんた》』となっている。他に彼が使っている偽名は『盛山紀昭《もりやまのりあき》』である。

本名『森山仁晃』は誰にも知られていないと考えていたところへの詰問《きつもん》だ。動揺するのも当然かもしれない。

「は……はい、私です」

この時点での嘘は拙いと思ったようだ。

正解だ。ここで嘘を重ねるようなら、これから一枚ずつ剝がされていくことになる。

「どちらさまですか」森山の声は震えていた。

Sが答える。

「こちらは、去年ドリームライフさんに送金した雨月さん。仕事が事前に説明された通りでなかったもので、電話で返金を交渉してきましたが埒《らち》が明かない。直接来ても良いということだったので来た次第です。一人では不安だと相談を受けたので、同行してきました。あちらは詐欺問題を扱っている柊さん。話し合いに立ち会ってもらいます」

「いや、突然来られても……」

Sは退かない。

「ここではさすがに私たちもコワイんで、どこか別の場所で話し合いをさせていただきたいと思います。外のオープンスペースで。近くのファミレスなんかどうかなと思って席を用意してあります」

「あ……ああ、わかりました」

「同席される方がいましたら、どうぞ連れてきてください」

「……いや、いいです。とりあえず私一人で」

大学ノートとペンを持ち、おもむろに森山は動き出した。

とりあえず第一段階成功である。


14：20　〝責任者〟の森山を同行して事務所を出た。

エレベーターへ誘導するも、森山は無視して非常階段を使って階下へ走り出した。

想定内だ。ビルの出入り口にはスタッフを配置してある。

森山の前に立ちはだかり、「こちらです」とスタッフが誘導する。

森山は辺りを見回した。さぞかし自分を見ている人たちが私たちスタッフのように見えたことだろう。

逃がすものかよ、この野郎。

著者提供

「柊」の一番長い日・後編

詐欺会社事務所へ突入の話、続く。

なんとか詐欺師の居場所を探し出して身柄を押さえても、今度は個人情報を特定して裁判へ持ち込まなければならない。

詐欺師は人前では大人しくなる。

職業柄、注目されることを好まない。何件もの詐欺を同時に進めていることが多いため、事件が明るみになると別の被害者が我も我もと現れるからだ。

ただし詐欺師と二人きりになると非常に危険だ。

普段から刃物などを携帯していることが多く、監視カメラがない場所では平気で刃《にん》傷沙汰《じょうざた》を起こして逃げる。たいへん危険なので、行き当たりばったりで詰めるより、録音機で金を受け取った事実や恐喝の言葉を録る方が賢い。

裁判へ持ち込むことができれば、ほぼ返金は叶う。しかし詐欺師は名前を変えて他人の財布に手を突っ込むことを繰り返すのが実情だ。

仮名で表記しているのが実にもどかしい。本名も住所も顔写真も掲載したいくらいだ、ど畜生。


――◇◇◇――


私たちは、森山を中心にしてフォーメーションを組んでファミレスへと向かった。

森山が一番奥の卓に着席するや否や、私たちは次々と周囲の席を固めていった。抱えているカバンの中の隠しカメラは、当然森山へ向けられている。

これから仏頂面《ぶっちょうづら》の森山から話をできるだけ聞き出さなくてはならない。

司会は私の役目だ。心ならずも相手を立てながら話す。

「ご多忙中、ありがとうございました。こちらはドリームライフさんにお金を支払って、返金を希望されている雨月さん、奥の方がその知人のS。そして、私はこういう者です」

相手の正体が分かると思って安堵《あんど》したのか、名刺を受け取った森山の表情が和らぐ。それがこの日見た彼の唯一の笑顔だった。

彼は名刺を見て表情を曇らせた。会の名前と『柊』としか記載されていないからだ。

「さて、私は今までの経緯を雨月さんから相談されて、事情を伺っております。でもね、これは雨月さんの主張で、片方の言い分しか聞かないというのは不公平というものです。是非ドリームライフさんのお話をお伺いしたいんですよ。ドリームライフさんはこの会社を長く続けられているようなので、そうそうヘンなご商売はしていませんよね。そんなお話をお伺いしたいんです。このご商売はどのくらい続いていらっしゃるんですか」

「ええと……もう三年くらいになりますかねぇ」

「どのようなご商売なんですか」

「当社は、契約した人に指定したパチンコ台に座ってもらって、出た利益を規定の割合で会社へ送金していただいてます」

「契約する人を探すのは難しいと思いますが、宣伝や広告はどのような形でされてますか」

「……いや、特には……」

「例えば、雨月さんはメールで御社の広告を見て応募されたわけですが、メール広告はされてるんですよね」

「あ……ああ、してます」

「月にどのくらいの頻度《ひんど》で広告されてますか」

「月に一度とか……いろいろです」

「他には雑誌広告とか、テレビコマーシャルとかは使われてませんか」

「いえ、使ってないです」

「それだとなかなか会員さんを獲得するのも難しいところかと思いますが、現在は会員さんの数はどのくらいなんですか」

「……それは、法廷で答えます」

予想外に拒絶が早かった。

目の前の録音機と正面の棚に置かれたカバンを交互に見ながら、おもむろに森山は話し始めた。

「これ、撮られているんでしょ」

Sが答える。

「ええ、収録してますよ。また言った言わないになったら困りますからね」

「法廷で答えます」

私は腕組みをした。

「なんだか妙なお話ですねぇ。どうして法廷って言葉がここで出てくるんですか。私はごく普通の、会社の基本的なことを訊いているだけなんですよ。それを会社の代表者が答えられないというのはヘンですねぇ」

「…………」

「たとえば、去年の会社の収益はどうだったんですか」

「……それは自分は分からないです」

「代表者がですか。ちゃんとした会社でしたら、四半期決算とかありますよね。経理担当がとりまとめた資料を、代表者として確認しているはずです。何も細かい数字まで訊いているわけじゃないんですよ。概算くらいは把握していますよね。ちゃんとした会社法人ならね」

「いえ、会社法人ではないです。個人でやってます」

「個人事業主ですか。登記の届け出はされてるんですか」

「いえ、特に……」

「それにしても時期的におかしな話で、今、申告時期ですよね。昨年の収入をとりまとめて税務署に申告する時期だ。税金を払うつもりがもともとないのならともかく、事業主としてはおかしな話じゃないんですか。でもそれって脱税ですよね」

「…………」

「では、雨月さんから六十五万円受け取っているわけなんですが、これはどういう理由なのでしょうか」

「契約書に基づいてます」

「その点については、いろいろお伺いしたいところです。とりあえず、その契約とは、雇用契約ですか」

「分かりません。自分は法律はよく分からないので。仕事としてです」

「じゃあ雇用契約なんですね」

「言葉の意味がよく分かりません」

「雨月さんは従業員ですか」

「違います」

「それでは委託契約ですか」

「法律のことはよく分かりません。言葉の意味がよく分かりません。お話しできません」

この程度で固まってしまうとは、どれだけ下っ端なのだろう。まったく教育されていない。

「お話しできません」

Sより合図があった。話をいろいろ聞き出すのはもう無理なので、叩く方向へ戦略変更する。

「どうもおかしな話ですね。実際に雨月さんから大金を受け取っておいて、その仕事の内容以前に会社の概略段階で答えられないというのはおかしな話です。これでは、雨月さんや他のお客さんから大金を受け取っておいて、返すつもりは最初からなかったとしか考えられないんですよ。他にもね、たくさん疑問点があるんです」

Sと私から集中攻撃が始まる。

何故ホームページに掲載されている住所が違うのか。確認したところ、現地に事務所などはない。どうして偽名を使っているのか。

「こんな状態ではなにも話できないでしょ！」

森山がキレた。

「突然やってきて！　私はなんの準備もしてないんですよ。法律知識もなく、こんな人数に囲まれて、撮られて、まともに話なんかできないですよ！」

まるで駄駄《だだ》っ子のように、森山はこの場から逃げ出したいという感情をあからさまにした。

　Sが小さく溜め息を漏《も》らす。

「あのね、だから最初に誰でも同伴してもいいですよって言いましたよね。それを一人でいいと答えたのはあなた自身なんですよ。それで不満なんですか」

「じゃあ時間ください よ! 日を改めてお話ししましょ。来週月曜日にでも」

　森山は本気で逃げにかかっている。

「それはこちらが困るんですよ。雨月さんは大阪から来ているんです。終電の時間もあるし。今日にしてください。何時間でも待ちますから」

「じゃあ……四時間くらい」

「分かりました。じゃあ十九時でいいですね。十九時にここで待ってますから。お仲間は何人でも連れてきていいですから。その代わり、雨月さんは帰るので、私と柊さんを雨月さんの代理人として認めますね」

「……一筆書いてください」

　私は呆れた。

「なにをですかね。ここに雨月さん本人がいて、本人が代理だと認めているんですよ。本人の言葉を信用しないんですか」

「いえ、だから同席されてるあなた方が雨月さんの代理だということを一筆書いてください」

「だから雨月さん本人自身が目の前にいるわけでしょ。その雨月さんが、代理だと認めているんですよ。こうして記録もしてるしね」

私はテーブルに置かれた録音機を目顔で指した。

「分かったよ、分かりましたよ」

森山はなんとしてでもこの場から離れたかったらしい。立ち上がり、足早に出入り口へと歩いていった。

その後ろ姿を見ながら、Sはスタッフ二人に指示した。

「付いていって、そのままビルの前に駐めてある車の中で監視しろ」

「……ここで暴れ出してくれたらありがたかったのですけれどね。騒ぎになれば通報できるし、身体検査したら携帯ナイフくらいは出てくるでしょう」

「なるほど」Sは苦笑した。「そのくらいチョロい奴だと、かえって拍子抜けだなあ」

14：50 詐欺師森山は一旦事務所へ戻った。

私はSと雨月の前へ移動した。先ほどまで森山が座っていた席である。

おもむろにSがメモをしたためて私に向けた。

『後ろの二人がアヤシイ』

慌ててサングラスを着用して後ろに目を向ける。

森山をスタッフが囲んだ際に空き席になった斜め後ろの席に、森山の後から入ってきた五十代くらいの男二人が座っている。携帯のカメラをこちらへ向けたまま、その画像を無言で見つめている。森山の仲間たちであろうことは容易に察しが付く。

雨月が意を決したように口を開いた。

「わたし、今日は帰らないことにします」

携帯電話を取りだして、職場へかけた。

「所用が長引いているので、すみませんが明日も休ませてください」

合わせてSも雨月のホテルを手配する。

二人が通話を終えてから、私は提案した。

「時間が押してしまったので、要点を二つに絞りましょう。まずは森山の身分証明書のコピーの入手です。相手が特定できなければ提訴できません。次に、返金交渉。もちろん目標は全額。認めなければ提訴です」

交渉する当初の金額は、利息を含めたうえで、慰謝料や交通費、交渉引き延ばしによる日当を加味することで意識統一した。

基本三人で叩く。場合によっては『善《よ》い警官悪い警官』を使う。善い警官役は私、悪い警官役はS。私の方を向いたら、そこで落とす。

17:00頃 後ろの席にいた二人が帰った。

まさか森山を見届けないつもりか。グループ内で森山を切ったのか。

訝しんでいるところへ、雨月の携帯電話に森山から着信が入った。

「時間を早めてください」

分かりました、と雨月が返答する。

すかさずSが、事務所があるビルの前で張っているスタッフに携帯電話で確認する。

「ビルに出入りはありません」

詐欺グループの拠点ビルが近くにあるので、先ほどの二人はそこからの者かもしれない。

18:20 森山再登場。意外にも一人きりだった。

さては「自分のケツは自分で拭《ふ》け」と見捨てられたか。どうせグループ内では泥を被るための要員だ。

所持品はノートとペンのみ。入れ知恵されたらしく、妙に落ち着いている。

開口一番、森山は謝罪した。

「先ほどは突然の来訪により混乱していたため、不適切な発言があったと思いますが、お詫びします」

深々と頭を下げたあと、「皆さんの委任状を確認させてください」

Sは太い息を吐きながら肩を落とした。

「あのね、あんたさっき本人の目の前で分かりましたって言ったでしょ。もう忘れたの。そんなの必要ないでしょ」

「委任状を見せてください」

私もSに揃えた。

「だーかーらー。雨月さん本人が目の前にいるわけでしょ。委任状って言葉が出てきたけれど、それは本人がいない場合に代理の人を立てた際に必要になるものですよ。本人がいる場合は必要ない。誰の入れ知恵か知らんけど」

「…………」

どうやら雨月が帰った前提で対応を指示されたようだ。

しばしの沈黙のあと、森山は毅然《きぜん》として言った。

「それでは私の主張を言います。雨月さんの主張は分かりますが、代金は契約書に基づき支払われたものなので、全額返金という要求は呑めません」

たまらず雨月が身を乗り出した。

「それは全く返す意思がないということですか。一円すら返す気はないということですか。六十五万円のうち、一円すら返す気はないということですか」

「そうは言ってません。全額は払えないと言ったんです。私はこのことを伝えに来ました。それだけです」

「……あなた、いま認めたね」

ここで私は突っ込むことにした。

森山「え」。

「いま、雨月さんの六十五万円というお金を貰ったと認めたね。それはなにに基づいてお金を受け取ったんですか」

「もちろん契約書ですよ。契約書に基づいて雨月さんからお金をいただきました」

「そう、契約当事者ならね。でも私ら、あなたが本当に契約当事者なのか分からんのですよ。ただあなた自身がそう言ってるだけでね。雨月さんはちゃんと身分証明書のコピーを送ってる。でも雨月さんはあなたの身分証明書を貰ってないんですよ。分かりますか。あなたは契約当事者であることを証明できなければ、理由なく雨月さんのお金をポケットに入れたことになるんですよ。それって泥棒と同じですからね」

我ながら凄い言いがかりである。

「いいですか。あなたが契約当事者だというのであれば、雨月さんと同様に相手に身分証明書のコピーを渡さないと、契約書の内容を語る資格も認められないんですよ。それがされてない現段階では、あなた不当に雨月さんのお金を着服している第三者ですからね。あなたが言う和解案は、それからの話です」

「……できません。だって、あなた方へ見せるでしょ」

「じゃあ雨月さんにだけならコピーを渡せますね。二人きりならいいでしょ」

Sが応じた。

森山は言葉を失った。断る理由がないのだ。

「じゃあ雨月さん、コンビニでコピーを貰ってください。私らここで待ってますから。話はそれからです」

間を置かずに雨月が立ち上がる。

うに指示する。

「それではコンビニに行きましょう」

雨月は森山を促して、席を外す。すぐにSがスタッフの一人へ後ろに付いていくよ
　彼らの後ろ姿を見送りながら、私は安堵の溜め息を吐いた。

「なんとかクリアですね」

「ええ、提訴の相手が特定できないんじゃ話になりませんからね」

　コーヒーを注文して、しばし一服した。

　しかしコーヒーを飲み終えても二人は帰ってこない。連絡もない。

「遅いな」Sが零《こぼ》す。

「コンビニって、そんなに離れたところにあるんでしたっけ」

　私の問いかけに答えず、Sは携帯電話を取り出してスタッフに連絡した。

「ああ、俺。いまどんな状況だ」

　耳を疑う答えが返ってきた。

「二人はコンビニに行かずに詐欺会社事務所へ向かいました。部屋に入ったので中の様子は分かりません。ドアには鍵が掛けられています。仕方ないので、いまビルの外で待っているところです」

「馬鹿野郎ーっ」

　Sはがなり立てた。

「すぐに部屋に行ってドアを叩きまくれ！　雨月さんを呼び出して外に出せ！」

　手早く手荷物をまとめて、Sと二人でファミレスを出た。事務所のビルへ猛ダッシュする。

　時計はちょうど十九時。息を切らしてビルへ到着すると、森山と雨月がビルから出てきたところだった。

「話が違うじゃないですか！　あんた、コンビニに行くという話だったろう！」

　Sは恫喝《どうかつ》した。

　その後ろで私は雨月に状況を確認した。

「免許証を見せられましたが、住所は指で隠されました。コピーはとっていません。メモもできない状況でした」

「いま、奴はその免許証を身に着けてますか。それとも事務所に置いてきましたか」

「持ってます。間違いなく持っています」

　私はSと森山の二人に近づいて、森山に向き直った。

「肝心の住所を隠されて見せられて、コピーも渡さずに、メモもとらせてないってことは、あんたなにもしてないのと同じだよ。こんなことといつまで続ける気だ」

「じゃあこれから雨月さんの自宅へFAXしますよ。それでいいでしょ」

Sが森山へにじり寄る。

「それじゃ確認できないじゃない。なんでコピーさせないの」

「コピーもFAXも同じでしょ。FAXなら他の人に見られないし」

しゃあしゃあと森山は答えた。

「……いいでしょ。その代わり送信を確認できるようにコンビニでFAXしてください」

「コンビニ？」

「ええ、コンビニにFAXありますから。さ、行きましょ」

森山の動きが止まった。一生懸命頭を巡らせているようだ。コンビニにFAXがあることを知らなかったらしい。

「……月曜日にFAXします」

私は開いた口が塞がらなかった。

「月曜日にFAXします。それでいいでしょ」

「あんた、たったいま自分で言ったこともできないのか。これから送るって言ったばかりだろ」

　Sは声を張り上げた。

「いや、必ず月曜日にFAXします。信用してください」

「信用できないんだよ」Sと私の声が揃った。

　こんな調子では普通の会話すらままならない。頭に血が上り、思わず大声でまくし立てた。

「この詐欺師が、なに言ってやがる。お前自分がなにやってるのかわかってるのか。この詐欺野郎が。自分で犯罪やってるって自覚あるか。悪いことやってるって分かってるか」

「あんた、この人からいくら取ったか分かってるのか。それでこの人がどんだけ苦労して生活してるかわかるか。平日に加えて土日も働いて、休み無しで働いてるんだぞ。お前が作らせた借金のためだ」

　森山は無言のまま路上で動かない。誰の言葉だろうが詐欺師には届かない。

「お前らは卑怯者だ。弱い立場の人間だけを選んで、その人たちの財布に手を突っ込もうとするクズだ。こそこそ隠れて動くだけのゴミ虫だ」

「……仕様がないね。こうなったらもうヤッちゃいますか」

Sからアイコンタクトがあった。(追い込みは任せた)

「じゃあね、私らこれから収録したあんたの映像をネットで流すからね。一部始終ね。あんたが自分の身分証明書を出さないってんだから、ネットであんたの情報集めるから」

「それって個人情報……」

「だってそれしか手段ないじゃない。雨月さんはお金をあんたに取られた。あんたはお金を返さない。いくら口で返金の意思があるって言っても、身分証明書を出さないんじゃ、どこの誰かも分からないんだから、それは返す意思がないってことですよ。なんなら警察行きますか。事実、なんの理由も立証できないのにあんたは雨月さんのお金を取ったんだから、被害届を出さなくちゃならない。雨月さんとしてはあんたの情報を集めるのは当たり前ですよ。手持ちのありったけの材料を使って、できるだけ広く情報収集しますよ」

森山は声を失っている。

「……で、こうして私らはあんたに事情を話して今後の行動も話した。嫌なら止めることだって簡単にできるんですよ。自分の身分証明書のコピーを渡すという、実に簡単な方法でね。契約当事者としての当たり前のことですよ。それを分かっててしないってことは、これからの私らの行動を認めたってことですからね」

「だから、月曜日にＦＡＸしますよ」

「それが信用できないからこういうことになってるんです。いい加減理解してくださいよ」

「……分かりました。警察へ行きましょう」森山は答えた。

「ああ、そうしますか。じゃあそうしましょ」

一同は板橋中央警察署へ向かって歩き始めた。どうやら私らより警察の方が御しやすいと踏んだらしい。

Ｓが私に向かって近づいてきて耳打ちした。

「拙いですね。本当に警察へ行くとは思わなかった」

「ですね。このまま警察で被害届という結末では駄目ですかね」

「詐欺だと立件しづらいですからね。立件できないような警察がらみの映像は放送差し止めを食らう可能性が高いですよ」

映画『黒い鷺《さぎ》』の公開に合わせた詐欺特番の中で流す予定になっているが、中止は困る。

「では……奴の言い分を加味して、月曜日にＦＡＸという文を加えて同意書を交わすということでいかがですか。ファミレスへ連れ込んで決裂という結末でも最悪仕方ないかもしれません。詐欺を扱った特番が放映差し止めというのは避けたいところです」

「あ、その手があったか。そうしましょう」

Sは先頭を歩く森山に近づいていった。警察署はもう目の前である。

「分かんないなぁ。たかが免許証のコピーを出すのに、なんでそんなに嫌がるの」

警察署の敷地に入り、入り口階段のところでSが森山の前に回り込む。

「じゃあね、こうしましょ。あんたも今は出したくない理由があるんでしょ。でも月曜日にはちゃんと出せるんだよね。その同意書を交わして今夜は仕舞いにしましょ」

「…………」森山は沈黙している。

「これから何時間も事情聴取でお互い時間とられちゃうでしょ。こっちも仕事あるしね。ちゃんと月曜日にFAXしてくれるって同意書交わすなら、そう時間もとらないしね」

「……分かりました」

私たちは踵《きびす》を返してファミレスへ歩き始めた。先導するのはスタッフである。

Sのみ警察署の前に残り、門番の警官と話を始めた。仰々しい一団が近づいていったので、あとあと不審がられないようフォローしている。

道すがら、雨月が私に話しかけてきた。

「あの人、ハンコ持ってるか心配ですね」

「持ってないと思いますよ」と私。

「どうするんですか」

「指」私は親指を立てた。「途中のコンビニで朱肉を買っておかなくちゃ」

「なるほど、指紋も手に入りますね」

二人で笑い合った。

しかしこのまま森山が素直に身分証明書を出すとも考えられない。さてどうしたものか。

そこへ、スタッフにSから着信が入った。

「森山を連れて、警察署へ戻るよう指示されました」

彼は私にそう伝えた。

19：55 再び警察署へ戻ると、森山だけ署内へ誘導された。

「実はね。門の前の刑事さんに事情話したら、それじゃ職質してやろうかって言ってくれたから、お願いしたんですよ」

Sのファインプレーである。警察に頼るかたちになってしまったが、背に腹は代えられないところまで進んでしまった。最優先事項は雨月の被害金額の全額返金であることを忘れてはならない。

森山は任意同行のうえ、職務質問というかたちになった。

他は全員、外で待機する。暇になったので門番をしている刑事と雑談した。

「で、どこの局なの」

Sが刑事に近づいて小声で答える。

「この人は」

「私、ボランティアで詐欺の撲滅活動をしている、『柊』です」

刑事に近づいて耳打ちする。

「……東京の加入権《かけん》センター、業務調整《ぎょうちょう》担当をやってました」

刑事の硬い表情が和らいでいく。

「どうもいつも世話になっとります。自分は暴力団担当なんだけどね」

たしかに見た目は構成員に引けを取らない。長さ百二十センチくらいの太い棒を携えている。

「オレオレ詐欺以来、照会書が増えましたよね」

刑事はふっと笑った。

「自分たちで詐欺師を特定して身柄押さえたんだって。凄腕だね」

「珍しいケースです。内輪もめで仲違いした通報者がいなければ特定できませんでした」

「詐欺はねぇ……事情聴取はいくらでもできるんだけど、立件が難しくてね」

「何がネックなんですかね」

「供述書。詐欺師は自供しないから立件が難しい」

「そりゃあ自分から悪いことしましたって言う人は珍しいですからね。自供なしでも、これがあれば立件できるというモノありますか」

「やっぱり供述書だね。『その人と一緒に詐欺やってたけど、いまは反省してます』という供述書に判を押す人が出ないと、立件の書類が揃わない。で、初めて〝その人〟を検挙できる」

「そりゃあ……難しいですね」

二十時を過ぎたときに、署内から別の刑事が出てきた。

「被害者の方のお話も伺いたい」

雨月が署内へ入っていく。Sと私、スタッフは外で待機のままである。

「こりゃあ、警察の部分はカットだな。立件は難しいから」

Sは零した。

外でかじかんだ手を温めていたら、三十分ほどして「外は寒いでしょう」と署内へ案内された。

聴取はまだ長引くようだと腹を括ったところへ、雨月が出てきた。横に刑事がついている。

「被害届を出すのでしたら、更に詳しく事情をお伺いしますが、どうします」

「受理していただけるんでしたら、是非に」私が答えた。

「事情に詳しいお方は」

「雨月さんと柊さんのお二人です」

Sが私たちを指した。

「では中の部屋へどうぞ」

促されて雨月と私が付いていくと、刑事課の福竹《ふくたけ》と名乗る刑事に迎えられた。

周囲に計四人の刑事さんが集まってきたので、私は張り切って資料を取り出して事情を説明しようとした——が、彼は「その前に」と切り出した。

彼の話は次の通りだった。

「ぶっちゃけ、森山が詐欺師なのは間違いないと考えている」

「お話を伺うことはできるが、この後状況に応じて何度も出頭していただき、何度も判を押してもらうことになる」

「実際に被害届として受理するのは、立件可能と判断した場合」

「森山はまだ身分証明書を出そうとしない」

「森山の身分証明書は警察でもコピーして保管するが、民間人のあなた方にそれをお渡しすることはできない」

「あなた方に身分証明書のコピーを渡すように話を進める」

――これで納得してほしい。

私としては不満だが、より大きな負荷がかかるのは雨月である。

彼女に訊くと、了解すると答えた。目的は森山の刑事責任を問うことよりも返金だからだ。森山が返金を抗《あらが》うようであれば、いつでも被害届を提出する――そんなカードを突きつけたことで満足して、この場を収めたいと彼女は言った。

とりあえず被害届が受理されないのであれば、これ以上拘束されるのは負担が大きすぎるので、事情聴取は辞退することにした。

しばらくして森山が解放された。刑事の話では、「身分証明書のコピーを渡すことを了解した」とのことだった。

私たちは森山を連れて歩き出した。が、コンビニに行く途中の交差点で突然森山は踵を返し、再び警察署へと向かった。

彼は出迎えた刑事に対して「路上で恫喝された」と被害申請した。さらに「大勢に囲まれて怖い」と訴え始めた。

私たちは福竹から簡単な事情聴取を受けた。

「ネットで収録した映像を流すと脅迫されたと森山がのたまっている」

「契約当事者が身分証明を明かさないのでネットで情報収集するしかないと言っただけですよ。それしか被害者としては動きようがありませんから」

「ふむ。……それじゃ、怖いと言ってるから、遠巻きにするようにしてくださいな」

一応我々の味方にはなってくれているらしいと分かって安心した。

森山が再び外へ出てきた。

少し離れて、森山を取り囲んだフォーメーションでコンビニへ歩く。今度は森山も観念して大人しくコンビニへ向かった。

無事に森山の免許証のコピーをコンビニでとった。

昭和五十三年生まれ。本名森山仁晃。住所東京都板橋区板橋のマンション。事前情報に間違いなし、と雨月が小さく頷いて目顔で語った。

Sはコンビニから出てきた森山へ声を掛けた。

「大声出してゴメンね。でもね、こんなこと、もうヤメな。悪いこと言わないから。あんたのために言ってるんだから」

私も続いた。

「詐欺ってのは因果な商売でね。常に新しいカモを探さなくちゃならないよね。被害に遭った人たちは昔は泣き寝入りしてたから助かってたかもしれないけど、いまは違う。どうしてバレたのか分からないでしょ。ネットのお陰で、被害に遭った人は情報交換して後を追いかけてくるんだよ。ハンマー持って。今日のことは不運じゃなくて、真っ当に生きるチャンスだと思ったほうがいいよ」

「……いまは皆さんになにを言われても聞けないし、なにも言えません」

森山の身体がいくぶん縮んだように見えた。

緊張が解けた別れ際に、私はもう一度森山に声を掛けた。

「助川に応援頼めば良かったのに」

「あいつは、こんな場に出てきたがらない」

収穫だった。別会社エージェントクルーの関与を認めたのだ。そんな奴は使い勝手が悪い。これで森山は詐欺グループ内から使い捨てにされる。

「部屋の仏壇は仲間のだろ。命まで落とすような危ない目に遭うようなことを続けてどうするよ」

「あんたに俺の人生をどうこう言う資格はない」

森山は吐き捨てるように言った。

「……はいい奴だったが、四ヵ月前に『いなくなった』」

私は耳を疑った。

いま森山は『戸塚《とつか》』と言った。三ヵ月前に会へ電話をしてきて、情報を提供したあと音信不通になっている男だ。

彼は既に死んでいたということか。

「失敗は許される。だが裏切りは駄目だ」

森山は星が見えない夜の曇天を見上げて遠い目をした。

二十一時過ぎ、森山は事務所へ戻っていった。

そのあと路上にて雨月の感想を収録して、長い一日が終わった。

撤収を宣言してから、Sが運転するスタッフに言った。

「最後に、もう一度奴らのビルを通りすがりに見ていこうか」

私たちは人通りが少なくなった商店街の道を徐行しながら進んだ。

時間は二十一時を回っている。それでも通りに面した雑居ビルの各階の窓明かりが煌々《こうこう》と灯《とも》っている。そこは詐欺師たちの巣窟だ。

街なかに蠢《うごめ》く害虫の息吹《いぶき》だ。

雨月をホテルへ送迎する前に、私は自宅沿線の駅まで送ってもらうことになった。スタッフを含めて六人が乗ったバンの車中で、心地良い疲労感に包まれながら会話が弾む。

「実に有意義な一日でした。実際に詐欺会社事務所へ突入するなんて、被害者と会の情報と、Sさんと、スキルがあるスタッフの方々がいなければできなかった話ですよ」

私の話に雨月が頷く。

「今日は本当にありがとうございました。大切なお金なので助かります」

「あの往生際《おうじょうぎわ》の悪さには笑いましたよね」ハンドルを握るスタッフが思い出し笑いをする。

この一日を思い出して、私も太い息を吐《は》く。

「ドアの鍵が掛かっていたときには怖気《おぞけ》が奔りましたよ。これでもうお仕舞いか、ってね。滅多にないことなのに、どういうわけかその日に限ってアクシデントが起きるんですよね。実に奇妙です」

あのとき私は恐怖した。ターゲットにした詐欺師の顔すら見ることなく撤退することになっては堪らない。いままでの苦労が水の泡になる。

ふふっ、とSは含み笑いを漏らした。

「いや、奇妙と言えば、詐欺撲滅の会の人たちです」

「え」

「だって、以前聞いた話では営利団体ではないですよね。被害者でもない」

「もちろんです。ボランティアでやってることなので、被害者の方々から一銭もいただきません。交通費すらもね」

被害者ではないが、実は以前加害者だった人が会を立ち上げている。『泡《あぶく》』は詐欺会社にいたが、社会的弱者を食いものにしていることに嫌気が差し、更生して叩き潰す側になった。裕福な者を狙うのではなく、弱い者苛めをしていることに憤慨したのだ。富裕層はむしろ詐欺師たちのスポンサーになっているのが現実である。以来、彼は被害者からの相談に無償で応じている。

そこへ遊技機の情報を扱う技術者集団『クロスノート』の代表者『ランダム』が同調して会が発足した。法律担当の『鷲』、プログラマーの『銀貨』、広報が私『柊』で、ときには詐欺会社の事務所へ先陣きって突撃する『特攻』も担う。

「お金でもなく、復讐でもない。闇社会の危険な連中を相手にすることは非常に危険なのに、信条で動いている」

「みんな、そうじゃありませんかね。皆さんと同じですよ」

「違います」きっぱりとSは言った。

「普通の人はね、お金とか仕事で動くんです。しかも相手は危険な連中ですよ。それにみんな生活もあるし仕事もある。騙されて強い恨みを持った被害者でもない限り、他人事《ひとごと》にわざわざ首を突っ込んで、身体を張るなんて危ないことはしません」

ハンドルを握っているスタッフが小さく頷く。

「純粋に信条のみで動ける人なんて、そうそういません。平成のいまでは『なにをやりたいか』ではなく『儲かるか』、自分の意欲よりコストパフォーマンスを優先する。『月光仮面』や『タイガーマスク』のように身体を張った正義漢なんて時代遅れになった。私からすれば、柊さんこそが異常なんですよ」

Sの口角が上がる。

「でもね。私はそういう人、嫌いじゃないですよ」

運転手や後部座席のスタッフたちも頷いた。

「……悪党は嫌がるでしょうね。なにしろ被害者でもない第三者が敵として向かってくるんですから。どこの誰か分からない人たちがいつ向かってきてもおかしくないとなれば、さぞかし詐欺師たちは心が落ち着かないでしょうね」

Sはからからと笑った。

＊

翌週、ドリームライフが跡形もなく消えたことは言うまでもない。

紆余曲折《うよきよくせつ》あったものの、二度の分割払いにより、二ヵ月後にはドリームライフから雨月へ全額が返金された。

このあと業界は攻略法詐欺撲滅キャンペーンを全国展開した。

表立った攻略法会社は鳴りを潜め、詐欺師たちの活動の場はネットに移行した。追いかけることもままならなくなったので、メンバーそれぞれの生活環境も変わり、会の活動も休眠せざるをえなくなった。

活動中に相談された件数は百件を下らない。被害額はほぼ四十万円から六十万円だった。地方裁判所の取り扱いにかからず、簡易裁判所扱いになる金額に集中している。

被害総額が億の単位になることは想像に難くない。

当然騙した方が悪い。しかし『騙された方が悪い』という信条を持つ者たちもいる。『出す金があるほど裕福な者から金を取ってどこが悪い』と胸を張る。

現実の被害者たちは、かつかつで日々の生活を送っている人たちだ。目の前にニンジンをぶらさげて、登録料や手数料などの名目で借金をさせる。それを巻き上げていくのが主な手口になっている。

「こんな馬鹿話に騙されるなんて、どうかしてる」

被害に遭った人は周囲から馬鹿にされ、口を閉ざさざるをえない状況になり、沈黙する。

結果、悪党は逃げる。大手を振って世間を闊歩《かっぽ》している。

被害に遭ったなら戦わねば。

戦わないと、なにも変わらないのだ。

奴らは平気で嘘を吐く。相手の心を追い込んでいく。

「とんでもないことになってます」「このままでは裁判です」「ご近所にも広まることになる」

「いまなんとかしないと大変なことになりますよ」

種も仕掛けもありませんと前口上をする手品師ではない。娯楽を目的とした創作でもない。

奴らは相手のためでなく、自分の財布のために嘘話を作る。『実話』だの『だいたい本当』だのと嘯《うそぶ》いて——。

……あっ。

著者提供

五衆
いっつ

年が明けて三週間が経った。

書斎で軽快にキーを叩いていたらスマホに守田良平《もりたりようへい》から着信があった。マンション経営をしている男で、学生時代から付き合いが続いている知己《ちき》だ。以前ひみつ基地——もとい、仕事部屋の手配を打診して以来である。

いくつか部屋を案内されたものの、結局契約には至らなかった。私自身の稼ぎも上向いたわけではないので、部屋の契約の話は消えたかたちになっている。紹介された部屋がいわくつきの部屋だったこともあり、互いにばつが悪い。

「よお、元気か」私は努めて明るい声を出した。

「久しぶりだな。相変わらず人死にが絶えない心理的瑕疵《かし》がある物件を扱っているのか」

「お前こそ、灯油を入れた牛乳パックを人の家の前に置いて火を点ける性癖は直ったか」

「やめろ。そんな性癖はない」

思わず声高になった。冗談とはいえ、返しがキツすぎる。小石を投げたら煉瓦《れんが》を投げてきやがった。

スマホから守田の含み笑いが漏れている。

自分より相手に大きな声を出させたら勝ち。今回は私の負けである。

私は舌打ちしてから会話に入った。

「腕を上げたじゃないか。で、なんの用だ」

「実はな、最近懐かしい奴に再会したんだ。前之森《まえのもり》って覚えてるか」

「『前のめりの麦《ばく》』か」

前之森麦。高校時代に同じクラスだった。大学は別になったが、面白い奴だったので記憶に残っている。

映画鑑賞が趣味だった。私や守田も映画好きだったので、あの映画は面白かった、俳優の演技が良かった、話題になってる特撮はイマイチだとか、よく話したものだ。

特に前之森は映画好きが高じて自主制作映画に手を出した。文字通りの素人臭い映画を定期的に見せられたが、ただ素人評論を重ねる自分たちに比べれば天地の差だなあと自覚したものである。

好きなものができると後先考えずに突っ走る。そんな性格から『前のめりの麦』と呼ばれた。自分にもそんなところがあるので近しさを感じたものだ。

「覚えてるよ。あいつ、いまなにをしてるんだ」

「大学を卒業してから親父さんの会社を継いだそうだ。結婚して家族もできたそうだが……。この先は会ってから本人から直接聞いた方がいい」

「話しづらいってことは、良くないことがあったってことだな」

守田は電話口で言葉を詰まらせた。

「……察しがいいのも考えものだな」

「なにがあったか知らんが、金の無心《むしん》なら勘弁だ」

「そんなんじゃない。あいつも、いろいろあったってことだよ。いまは大金持ちだから、その点は安心していい。ヒトさんが物書きしてるってことを話したら、一度会って話したいなあってさ」

ならば良い。〝いろいろあった〟話はネタになるかもしれない。

「明日か明後日、時間をとれるか」

「明後日の午後なら空いてる」

守田の家に午後二時と言われた。

「馴染みのファミレスじゃないのか」

「周りの客に聞かれたくない話も出るだろうからな」

前之森との再会が一段と楽しみになった。

＊

外出するついでに、朝から上野へ出てＯＡ機器のサプライ用品を見て回った。ネットでも購入できるが、仕事用具となると実物を見て確かめるのが私の主義だ。

おかげで一時間も早く守田の家の最寄り駅に着いてしまった。

仕方なく周辺をぶらぶら歩く。寒空だが、たまには見知らぬ土地を散策してみるのもいい。

念のため腕時計のアラートを約束した時間の五分前に設定する。

川沿いの道を歩いていると、マンションが建ち並ぶエリアの一角で、葉を落とした木立の中に懐かしいものを見つけた。旧《ふる》い公園の遊具だ。興味が湧いて、そちらへ向けて歩き出す。

遊歩道から少し外れた場所である。芝というより雑草が生い茂っている。公園のように柵で囲われているわけでもなく、区や町内会で管理されている場所でもないようだ。スマホで地図を確かめたところ、私有地らしい。

幼い女の子が二人、地面に木の枝で描いた円に足を合わせながら飛び跳ねている。

「けんけんぱ。けん、ぱ。けん、ぱ。けんけんぱ。いつつのぱ」

私が子どもの頃とは少し違っている。最後の五文字は、私の頃はなかった。

懐かしい遊具が置かれている。

箱型ブランコがあった。その横に、ジャングルジムを球形にしたようなグローブジャングル。勢いよく回しながらよく飛び乗ったものだ。その向こうには回旋塔が設《しつら》えてある。大人になったいまの身体では低すぎるのだが、幼い頃の思い出が甦ってくる。

奥に開けた場所がある。ぞんざいなつくりだが砂場になっていて、その上に――。

『ひみつ基地』があった。

正式な名前は知らない。『築山《つきやま》』とか『ドーム』と呼ぶ人もいたが私にはひみつ基地の名で記憶に刻まれている。ネットで調べてみても、なかなか写真すら見つけられないくらい旧い公園遊具だ。

椀《わん》を逆さにしたかたちで、かまくらに似ている。リクガメの甲羅のように背が高い。ドーム状の小山になっているので上る足掛かりとして平石が側面に埋め込まれている。

下に出入り口があるのだが、小さいので子どもしか入れないだろう。中は空洞になっていて大人が入れないことから、子どもにとってはまさにひみつ基地だった。突然の夕立や知らない大人に追いかけられたときには避難場所にもなった。親に怒られてふてくされたときに、よく籠《こ》もったものである。

あまりの懐かしさに和《なご》む。

出入り口はひみつ基地の大きさによって数が違う。近づいてみたら子どもが余裕で三人くらい入れるほど大きい。出入り口も三つあった。裏に回ってみたら一つだけ出入り口の穴が大きい。非常時に大人が入れる仕様になっているらしい。

ふと中に気配を感じた。

腰を屈めて穴を覗いてみたら、幼稚園児くらいの男の子と目が合った。

「こんにちは」

声を掛けたら、男の子は少し物怖《ものお》じしてから答えた。

「ここは大人は入れないよ」

「知ってる。ここは子どもだけのひみつ基地だもんな」

「おじさん、ひみつ基地知ってるの」

暗がりの中に別の男の子が顔を出した。

「そりゃあ、おじさんも昔は子どもだったからね。別の公園だったけど、中でお昼寝したこともあるんだぞ。ここは君たちのひみつ基地なんだね。おじさんは入らないから安心していいよ。ここは何人くらい入れるのかな」

「いまは二人だけ。でも五人入れるんだ」

最初の男の子が答えた。

「子どもだけのひみつ基地なのに、ときどき大人の人が入ってきて寝てる。ぼくらが近づくと、大声で怒って追い払おうとする意地悪な大人がいるんだ」

どうやらホームレスの人が居ついたことがあるらしい。

「おじさんだって、そうじゃないの」

奥にいる子が不安げな声で訊いてきた。

「大丈夫。おじさんはここに入らないし、内緒にするからね。約束するよ」

「本当？」

男の子が顔を覗かせた。

「嘘だったら追い出すからね」

大人が手を出せない安全な場所にいるせいか、なかなか鼻息が荒い。

「だいたい本当だよ。それに、おじさんは子どもには嘘を吐かないんだ」

「嘘だったら、おじいちゃんとおばあちゃんに教わったおまじないでやっつけちゃうからね。『いつつ』を呼んじゃうから」

「〝いつつ〟？」

「この中に大人が入ってぼくらが遊べなくなったら、ここを五人で囲んでおまじないをするんだ。みんなで『けんけんぱ』って唱えたら、いつつがやってきて中にいた大人はすぐいなくなっちゃうんだ」

男の子は手を動かした。グー、グー、パー。

なんだろう。かたちは五芒星《ごぼうせい》になるが、こっくりさんみたいなものか。

腕時計のアラートが鳴った。約束の時間だった。

「おじさんはもう行かなくちゃ。ここは大きくて、いいひみつ基地だ。大事にしなよ」

不安げな顔をした子どもたちに手を振りながら、私はその場をあとにした。

四十年ぶりに会った前之森は皺と白髪が増えていたが、相変わらず小柄で痩せぎすだった。

「よお。まだ『はいからさんが通る』の主題歌を歌えるか」

「もちろんだ」

前之森は顔を綻ばせた。笑う口元は前歯が二本抜けている。

「ヒト。お前こそ、いまでも『ペリーヌ物語』の第四十九話を観て涙を流せるか」

「当たり前だ。号泣するぞ」

ラストで主人公のペリーヌが身分を偽って仕えていたビルフランの孫娘だと判明する回だ。弁護士が投げかけた、さりげない質問にペリーヌは無防備に答える。結果、血縁者であることが明らかになる。

続く第五十話の、夢破れた男たちの描写は秀逸だ。誰にでも希望が潰《つい》えた苦い経験はある。その思いが重なってしまう。

応接間には、テーブルに寿司や刺身が並んでいた。肉類は焼き鳥だけ。脇にはコップとグラス。缶ビールだけでなく、ウイスキーやブランデーや日本酒が置かれている。あまり酒が飲めない私を気遣ってか、ウーロン茶やコーラもあった。

「若い時分ならフライドチキンにポテトだろうが、いまはこっちの方がいい。再会を祝して俺のおごりだ。遠慮なく食ってくれ」

「なんなら泊まっていってもいいぞ。二階から上は両親専用だから、そのぶん一階は俺専用だ」

　高所恐怖症の守田は二階以上に足を向けることができない。行動範囲や人付き合いが狭まるため、今回のような場は嬉しいイベントらしい。

　とりあえず缶ビールで乾杯して、昔話に花が咲く。

「ヒトが物書きになったとは驚いたぞ。学生時代は映画や小説の話をしてたけれど、ヒトは漫画ばかり描いてただろ」

「一生、会社員だと思ってたからな。人生、どこで捩《ねじ》れるか分からん。コロナ騒ぎがいい例だ。どれだけの人の生活が曲がったか分からんぞ。マンション経営で生活してる守田が羨ましい。恵まれすぎだ」

「逆に前之森は極端だよな。山あり谷ありだ」

　守田は目顔で前之森を指した。「ヒトさんに話してやれよ。俺の口からお前の話はできん」

「〝さん〟付けか。なにがあった」

「俺が叶えられなかった物書きになる夢を叶えたからな。苦労してきた姿もそれなりに見てきたし。俺の中でヒトからヒトさんに昇格したってことだ」

守田は缶ビールを飲み干すと、脇にあったブランデーに手を伸ばした。開封して、グラスを寄せてワンフィンガーに足りないくらいを注《つ》ぐ。

「……そうか。じゃあ卒業して別れたところからか」

前之森は新しい缶ビールを開けて、一口飲んでから話し始めた。

――俺は高校を卒業してからお前らとは別の大学に行った。国立には落ちたが市立大学のメジャーどころに入学できた。専攻は経済学部経営学科。言うまでもなく、父の貿易商を継ぐ準備だ。

それなりに遊んだものの、無事に卒業できたよ。

卒業後は父の会社に就職して仕事を覚えた。学生時代より刺激的だったな。

バブル経済だったので順風満帆だった。四つ年下の妻を娶《めと》ったのもこの頃だ。

ほどなくバブルが弾《はじ》けて日本経済が低迷した。父の手腕がなければ危なかった。なにしろ父はケチでな。論《あげつら》う奴らも多かったが、周りで次々と同業の会社が消えていく中で、年商が桁違いに少なくなっても、父の会社だけは生き残った。

三十を過ぎて、俺も自分なりの取引相手を見つけて大きめの仕事をこなせるようになった。

息子が中学校へ上がる頃が、最も充実していたと思う。新しめのものや派手で大きめの取引にのめり込みがちなのは俺の欠点だと自覚しているが、やはり時折顔を出してしまう。父に止められたり、失敗して尻拭いを頼んだことも一度や二度じゃない。

父には本当に世話になった。

そんな父が亡くなったのは、俺が五十のときだった。東南アジアで扱う品を工場へ確認にいったときに、出張先のタイのバンコクで熱病にかかってしまった。同行していた商社の男も同じ熱病に罹患《りかん》したが、年齢の差だろう、闘病で疲弊して、父は帰国後二週間で息を引き取った。

享年七十七。がんで闘病生活だった母もまた、あとを追うようにこの世を去った。

それからは一人で会社を引っ張っていかねばならなかった。妻は手を貸してくれたが、俺と同じ大学の学科を卒業した息子は別の会社へ入社した。メジャーだが業種が違う。

「リスク分散だよ」と息子は言った。

もしかしたらなにかを予見していたのかもしれない。

これだ、と思ったら突っ走る俺の性格は知っての通りだ。以前は父が見てくれていた。危ない取引案件でも父は鼻が利いた。それがどれだけありがたいことだったかと、思い知るのにそれほど時間はかからなかった。

立て続けに大きめの取り込み詐欺と投資詐欺に引っかかった。

負債を取り返そうとして、得意ではないジャンルの品に手を出しちまった。レアメタルを含む鉱石を採掘できる場所が見つかったと知らされて、その実物と大学の調査による分析資料、採掘権の契約書を目の前にして血が上った。

会社が大きく傾いたことは当然だ。妻と財産を分けて、息子を連れて別居したのはこの頃だ。妻に泥を被せないために離婚するまで一週間とかからなかった。

その後、妻と息子は行方が分からなくなったが仕方あるまい。

あとは一攫千金《いっかくせんきん》を夢見て株やギャンブルに手を出した。なけなしの金を懐に入れて、前のめりに競輪や競馬、ボートレースへ通ったもんだ。

「いくら後悔してもやまないことってあるよな」

前之森は吐き捨てるように呟いた。

「ああ……」私は嘆息した。

続きは聞かなくても分かる。転落の定番コースだ。

守田は既に話を聞いているらしく、腕組みをしたまま瞑目《めいもく》している。

「幸いにして全財産を失う前に立ち止まった。そこで最後に小さな店を構えようと思って始めたのがカラオケボックスだ。年末にオープンして、そこそこの収益にはなったが、年明けからコロナ騒ぎが始まった」

あ痛たたた。

カラオケボックスは『三密《さんみつ》』の代表的な自粛対象となった業種の一つだ。密閉、密集、密接は感染予防のために営業の自粛を求められたことは記憶に新しい。この時期にオープンした飲食サービス業などは目も当てられない。閉店や廃業が相次いだのも無理からぬことだった。

駅前のショッピングモールで空いたテナントにカレー屋の新規開店を報せるポスターが貼られたことがあったが、開店日の一週間前には『閉店のお知らせ』に変わっていた。同情に堪《た》えない。

「開店費用を回収できないまま追い込まれたよ。四月には店を畳むしかなかった」

かける言葉もない。時代や時期の運は、たしかに存在する。

「破産手続きを経て、会社どころか土地も家も失った。学生時代は知っての通り映画が趣味だったが、夢の時代だとつくづく思ったな。偽名を使って日本の各地を渡り歩いたよ。ひと頃は本当に自分の名前すら失念した」

「もういい、分かった」

私は手のひらを突き出した。

「で、下げ止まったのはいつなんだ」

「実は、つい最近だ。まだ一ヵ月と経っちゃいない」

「なにがあった」

ふふん、と前之森が鼻を鳴らす。

「ヒト、守田。お前ら、願いを叶えてくれる神様って知ってるか」

「『座敷童衆』や、『けさらんぱさらん』のことか」私は言った。

「それは妖怪の類《たぐ》いだな。しかも具体的な願いを叶えてくれるわけじゃなくて、運気を上げるだけの物の怪だ」

「寺や神社のことかな。具体的な願いを言うのは参拝するときの慣習になってるけど、その願いが叶ったという話なら全国至る所に転がってるよな」

「神社や寺に棲んでるのは『百八衆《ひゃくやつ》』という女の物の怪だ。背の高さは十センチくらい。羽衣《はごろも》を纏っていて、ぱっと見は天女みたいだそうだ。宙を泳いで参拝客に取り憑《つ》く。主に初詣のときだな」

「初耳だ」私は顔を上げた。

「百八衆《ひゃくやつつ》は代償を求めない。ただ願いを叶えてくれるだけだ」

「それ、いいな。どこにでもいるのか」

「百八衆は、文字通り全国で百八人いる。人に憑いて常に移動する。憑いた人間の願い事を百八つ叶えたあとは近場の神社や寺に棲む」

「百八つも願いを叶えてくれるなんて願ったり叶ったりだ。まさに神様じゃないか」

私は目を輝かせた。

脇では前之森が黙って守田の話に耳を傾けている。その眼差しは真剣そのもので恐いくらいだ。

「だが憑かれた人は願い事を選べない。憑いている百八衆の姿も視えない。会話ができないから百八衆は憑いた人の思いを読みとって叶えていく」

守田は手前の小皿に盛っていた刺身に次々と箸《はし》を付けて平らげた。

「手前の信号が青になったらいいな、昼休みの時間だけど空いてればいいな、疲れてるから電車では席に座りたいな、ぐっすり眠りたいな、……そんな願いを次々に叶えていく。二、三ヵ月とかからずに百八つの願い事が叶えられるそうだ」

「なんだそれ」私の目が点になる。

前之森は缶ビールを手にしたまま笑い出した。

「願い事は選べないって言ったろ」守田が口の端を曲げる。「憑かれた人は、なんか最近ツイてるなって思うだけだろうね」

「どうしてそんな叶え方をするんだ。なんかもったいないぞ。却って意地悪い神様にしか思えないだろ」

「人の心がころころ変わるからだ。心に湧いた願い事が五分後にはもう変わっている。だから百八衆にしてみれば、そのときその場で思った願い事を叶えてやるしかないんだ。願いが叶っても不平を口にするなんて、それだけ人間がわがままで強欲ってことなんだろな」

「うぐう……」

私は言葉を詰まらせた。

「つまり、そういうことだ」

守田はブランデーを飲み干して、空になったグラスをぶらぶらさせている。

「俺の場合は違うな。ちゃんと願いを訊かれたし、話したぞ。願い事を五つな」

前之森もまた手にした缶ビールを一気に飲み干した。

「ただし叶えられたのは一つだ。だからこそ、いまの俺がある。腰を落ち着けたくて、不動産関係に伝手《つて》がある守田に、一戸建ての土地付き住宅の手配を頼んだところだよ。いまはあちこちのホテルを泊まり歩いて風来坊生活を楽しんでる」

前之森がグラスを二つ並べて、ブランデーを注ぎ、一つを守田に渡して鳴らした。祝杯のつもりらしい。

「ずいぶん景気がいいじゃないか」

私はウーロン茶のコップを引き寄せた。飲めるクチではないのでソフトドリンクに切り替える。

「年末ジャンボ宝くじで十億円当たったからな」

口に含んだウーロン茶を吹き出した。

「……なんだと」

「打ちひしがれた俺は働く気力もなくなって、あてもなくホームレスの生活を続けた。この近くの公園に住み着いたのもつい最近だ。そこには中に入れる小山のような遊具があって、大人も入れる。雨風を凌《しの》ぐにはちょうどいい」

先ほど訪れた場所だと思い当たった。お前だったたか。

「子どもたちにとっては迷惑だろ」

「こっちはそんな余裕がない生活だ。中に入ろうとしてきた子どもらは片っ端から追い出した」

「地球儀みたいな、丸いジャングルジムがあるところだろ」守田は首を回し、そちらの方角へ顎をしゃくった。

「この辺りでは有名だよ。子ども好きの老夫婦でな、マンションを経営してるから俺と同業だ。敷地内に遊具を置いて、すぐ傍のマンション二階の自宅から、子どもたちが遊ぶ姿を眺めて楽しんでるそうだ」

「危なくないか。危険だという理由で撤去された遊具ばかりだったぞ」

私は眉根を寄せた。

「子どもたちが怪我したりしないよう、マンションの管理人にも申し伝えてあるってさ。なにせ昔と違って公園が減ったからな。子どもたちは遊びに飢えてる。特に宣伝しなくても集まってくるそうだ」

「集まりすぎたら困るだろ」

「小学校の高学年くらいになると背が高くなってあの遊具では遊べなくなるから自然と遠ざかる。幼稚園くらいの子らの秘密の遊び場になってるらしいよ」

「そう、そこだ」前之森は頷いた。

「子どもらにとってはよほど俺が邪魔だったようでな。ある日の夕方、中で寝ていると外から子どもらの声が聞こえてきたんだ。起きあがって顔を出したら、囲んでいた五人くらいの子どもらが逃げていったよ。『大人は出てけーっ』て叫びながら」

ははは、と前之森は笑った。

「願いを叶えてくれた、得体の知れない奴が現れたのはその夜のことだった」

前之森はそのときを思い出すように遠い目をして語り始めた。

――どこからか子どもたちの声が聞こえる。

「けんけんぱ。けん、ぱ。けん、ぱ。けんけんぱ」

外からだ。昼間追い散らした子どもらの声だった。

広げた新聞紙を敷いて横になっていた俺はやおら目を開いた。

「いつつのぱ」

天井に黒い靄《もや》が現れた。それは生きもののように広がりながら周囲を覆っていった。わずかな街路灯の光が入っていた三つの出入り口が塞がれて闇に包まれていく。

俺は慌てて身を起こそうとしたが、身体が思うように動かない。周りの空間の密度が濃くなって身体にまとわりついているようだ。

抗うように身を捩《よじ》っていると、靄の中から声が響いた。

「願いはなんだ」

俺は闇に目を凝らしたが、声の主の姿は見えない。

「お前の願い事を五つ言え」

「なんだ。叶えてくれるのか」

「そうだ」

「そりゃありがたい」

たぶん夢を見ているのだろう。実に都合がいい話だ。

俺は思いつくまま願いを口にした。

「金。土地付きの家。家族との生活。家族の健康。不老長寿なんてのもアリか」

「自然の摂理に反するものは駄目だ。家族も一人が一つの願いになる」

「別れた妻と息子を取り戻すってのは二つになるわけか」

「そうだ」

「なら決まりだな。金、家、妻と息子、俺の健康。これで五つだ。さあ叶えてくれ」

「五つの願い事のうち、一つを選べ。その願い事を叶えてやる。その代わり他は叶わない」

闇の中に手が現れた。だがその手には指が一本しかない。黒い一本の鉤爪《かぎづめ》が目の前に突き出されて、鼻の頭に触れる。

慌てて身を引いた。

「なんだ、そりゃ。最初からそう言えよ」俺は頭を掻《か》きながら舌打ちした。「しょうがないな。他の四つは自分でなんとかしろってことか。上等だ」

家は金でなんとかなる。家族はどうだ。一度疎遠になったが、もとは金が原因で別れたのだから金で復縁できるのも道理だ。行方が分からないが、金があればなんとか捜せるだろう。見つけたときに別れた妻が他の男と寄り添っていたなら息子だけでも取り戻したい。

子どもには深い情がある。

健康は諦めるしかないか。とりあえず最先端技術の医療を受診できる経済状態であればそれで吉だ。

「決めたぞ。金だ。だが生半可な金額じゃ駄目だぞ。少なくとも億単位でなくちゃな」

闇が揺らいだ。まるで笑ったかのようだった。

「……明日、宝くじを買え」

当選金額が億に届くものは——。

「年末ジャンボ宝くじか」

闇が霧散した。ぬめりがあると感じた空気が解かれて身体が軽くなった。出入り口から外の街路灯の薄い灯《あか》りが入っている。

俺は大きく息を吐いた。

鼻の頭を指で触れてみた。鉤爪で小さな傷をつけられたらしく、指の先に血がついた。

翌日、駅前の宝くじ売り場で年末ジャンボ宝くじを買った。一枚三百円を連番で三枚。

だが、それで充分だった。一等前後賞十億円が当選した。

年明けに銀行が開くまで気もそぞろだった。周りの人間がみんな泥棒に見えたぞ。たった数日の時間が、これほど長いと感じたことはなかったな。

「連番三枚で百円玉九枚が十億円になったんだから、そりゃ仕方ないわな」

前之森は笑った。

私は開いた口が塞がらなかった。

前之森がネットのニュースに出たのは二日後だった。

彼は荒川の下流で水死体となって発見された。外傷はない。肺からは川の水、血液中からは高いアルコール濃度が検出された。道路脇に設えられた防犯カメラの映像には、足をふらつかせて橋から川へ落ちる彼の映像が記録されていたという。

「馬鹿なのか、あいつは」

スマホから聞こえてくる守田の声は明らかに落胆していた。昔馴染みの一人を喪《うしな》ったのだから無理からぬことだ。

「土地付き一戸建て住宅の仲介手数料を取りっぱぐれた」

嘆息する守田に、私は言葉もない。


数日後。

私は守田から紹介してもらい、百八衆を教えてくれたという老夫婦に会いに行くことにした。

取材したいと言ったら守田は納得してくれた。

「ヒトさんの仕事だもんな」

約束の日時に、私は羊羹《ようかん》を手土産にして、マンションの二階に住んでいる老夫婦を訪ねた。

「お客さんなんて、とんと珍しいことです」

齢《よわい》七十を越えている二人は顔を綻ばせた。小泉吾郎《こいずみごろう》、やよいと二人は名乗った。

「儂《わし》ら二人とも子ども好きでしてね。ときどきお菓子を配ったり、妖怪の話を聞かせたりして子どもたちとの触れ合いを楽しんでます。各地の公園で撤去された遊具を引き取って、ここへ置いているのも、まあその一環ですよ」

「子どもは元気をくれますからねえ」

二人は朗らかに笑った。

「妖怪の話はどこから仕入れました？　初耳だったので新鮮でした」

「さあてねえ。二人とも幼い頃から物の怪は大好きでしたから。印象に残った物の怪は忘れないものですよ」

「『いつつ』は強烈ですね。子どもたちに、お二人からおまじないを教わったと聞きましたよ」

「ああ。あれは外国の人から聞いた話です。あのかまくらみたいな遊具に憑いてると言われましてね。あちらでは『サム』と呼ばれているそうですよ、手のお化けだと伺いましたので、指の数『五衆《いつつ》』と儂が勝手に名付けました。追い出したい人を五人で囲んで、おまじないを唱えると、いつのまにかいなくなってくれると教わりました。簡単な日本語の方が子どもたちにウケると思いましてね」

「おまじないも日本語でしたが」

「言葉はなんでもいいんです。唱える際に、出ていけって念じてさえいればね。だから子どもたちが口にしやすいおまじないを教えてやりました。子どもの遊具を独占するなんて性質《タチ》が悪い大人には出ていってもらわにゃなりません」

はっはっ、と吾郎は笑った。

「ところで、いなくなった人はどうなったかご存じですか」

二人は顔を見合わせた。

「いや、知りません」と吾郎。

「知りたいとも思いませんしね。子どもたちの場所から出ていってくれれば、それでいいんです」

やよいは吾郎の隣で首肯《しゆこう》した。

どうやら前之森が死んだことを知らないらしい。特に伝えることでもないかと思い、私は口に出すのを控えた。

木漏れ日の中で遊具と遊ぶ子どもたちを眺めながら、私は二時間あまり二人とお喋りを楽しんだ。子どもたちがはしゃぐ声を耳にする老夫婦は本当に幸せそうだった。

「ぜひまた妖怪の話を聞かせてください」

「どうぞ、いつでもおいでくださいまし」

二人に見送られて部屋をあとにした。

ついでに前之森が寝泊まりしていた遊具を見ておくか、と子どもたちの声がする方へ足を向ける。

小泉夫婦の話を聞いて、五衆について確信したことがある。

五衆は物の怪なんて生易《なまやさ》しいものじゃない。

悪魔だ。

一つの願い事を叶えるのならば、その一つだけを言わせればいい。なのに五衆は五つの願い事を先に言わせた。

なぜか。

一つを叶える代わりに、他の四つの願い事を贄《にえ》にするためだ。四対一の取引だ。

どれだけ努力しようが、他の願い事は絶対に叶わない。

健康や長寿など、基本的な願い事が五つのうちに必ず含まれるはずだ。しかし基本的ゆえに、思いを寄せた人とか名誉とか巨額の金とか派手な願い事より優先順位を低くする。ゆえに〝叶わない〟。その者は死ぬ。

一番の願い事を釣り餌《え》にして命を奪う。まさに悪魔の取引だ。

五つという数が絶妙だ。もしも願い事が三つだと、金と思い人と名誉を挙げて、名誉を選ばれてしまったら長寿の偉人になる可能性がある。悪魔としては避けたいところだ。

一つだけ分からないことがある。

悪魔は人間の悪意に共鳴して、力を発動する切っ掛けにする。老夫婦にそんな邪悪な意識は見られなかった。前之森との取引ですら、出現したあとのことだ。

いったい誰の悪意に共鳴したのか。

旧い遊具で子どもたちが遊んでいる。

「あ、こないだのおじさんだ」

先日来たとき、遊具に入っていた子が私に気づいて近寄ってきた。

「約束だからね。ぼくらのひみつ基地に入っちゃ駄目だからね」

「もちろんだ」私は微笑んだ。「約束だからな」

「こないだ入ってた大人の人は、もういなくなったもんな」

後ろから別の男の子が近づいてきた。

「その人、見かけなくなったよね」

箱型ブランコに乗っている女の子が加わる。

「なら、もうずっとここには来ないよな」

「そりゃいいな」「もう安心だ」

子どもらが次々に声を上げる。

「ぼくらの場所を取ろうとする意地悪な大人なんて、みんな死んじゃえばいいんだ！」

子どもたちは歓声を上げた。

葬儀の仕来《しきた》り

会社員時代にうつを発症して健康管理センターから病気休暇を言い渡されたのは平成十四年（二〇〇二年）の師走《しわす》のことだった。

期間は三ヵ月。当初は翌年の二月までだったが、職場復帰へ向けた事前面談で、まだ適当ではないと判断されたため一ヵ月追加、さらに一ヵ月と延期されてしまった。おそらく面談による対話の中で、会話のキャッチボールや内容に歪《いびつ》なものを感じ取られたのだろう。私としては回復したと思っていたため不本意だったが、指示には逆らえない。

精神疾患による病気休暇となれば人との付き合い方が難しい。自覚せずとも迷惑をかけてしまうこともあるだろうし、互いに嫌な思いをするかもしれない。なので当面は同じ趣味を持った人たちとのサークル活動によるリハビリテーションも自粛し、自宅療養に入った。

幸いにして、回復へ向けた予算は潤沢《じゅんたく》だ。（前集『ざしきわらしの足音』参照）

自宅に引きこもるため、自室で楽しめるようなツールを買い込んでいく。

話題になっていた『プロジェクトX』のDVDを池袋のショップで六集まで一気に買い求めた。秋葉原《あきはばら》のCDショップでは、子ども時代に夢中になっていたアニメのタイトルを目にして一気に血が上った。

『山ねずみロッキーチャック』『ピュンピュン丸』『ガンバの冒険』……。『懐かしのミュージッククリップ』だ。

「この棚の品を、ここからここまで全部ください」

いま思えば常軌を逸した行動だったに違いない。けれど死ぬまでにいっぺん言ってみたかった台詞《せりふ》ではある。

自宅で三ヵ月を過ごしたのち、病休が一ヵ月延期されたときに「人付き合いは特に問題なしですよ」と診断されたので、リハビリテーションの意味も兼ねて、不義理をしていた知己たちに会いに行くことにした。

＊

高畠憲雄《たかはたのりお》は葬儀関係の仕事をしている。彼の父が勤めている、とある催事場の管理人だ。この春に息子さんが高校へ入学だと聞いていたので、入学祝いを持っていくことにした。

大学時代に彼と奥さんの仲を取り持ったのは私である。彼の自宅にも何度か泊まっている。なにより気心が知れているので声を掛けやすかった。

「おお、久しぶりだな」

高畠は素顔からして渋面《じゅうめん》なのだが、玄関に出てきた彼は私を気遣うように顔を綻ばせた。

「すまん。しばらく人と会わない生活だった」

「話は聞いてるぞ。まあゆっくりしてけ」

応接間でコーヒーを飲みながら歓談した。

顔を出した奥さんへ挨拶してから、高畠の息子へと入学祝いの紙袋を渡す。中身は万年筆を含めた筆記用具の三点セットだ。

「ありがとうございます」

呼ばれて顔を出した高畠の息子には、かつて近所の公園へ連れていってセミ採りをした、汚れたシャツと半ズボンの幼い面影はない。畏《かしこ》まって頭を下げる姿は高校時代の高畠そのものだった。親から子へ、子から孫へと受け継がれていくものは確かにあると実感する。

缶ビールとソフトドリンク、つまみがテーブルに並び、高畠と二人きりになった。

「最初の一本くらいはいいだろ」

二人ともあまり飲めないが、缶ビールで乾杯した。

酒が入った方が口が滑らかになるのは間違いない。彼なりに私を気遣ってくれている。

「息子さん、ずいぶん大きくなったじゃないか」

「そりゃ高校生だからな。身体の成長に伴って、世の中の仕組みやルールに入っていくときだから楽しみと戸惑いの繰り返しだ。俺自身としちゃ、幼稚園から小学生のときが一番楽しかった」

「同感だ。遊びが仕事だったし、毎日が輝いていたよな。駄菓子屋に並んでる玩具《おもちゃ》なんて、たからものに見えたぞ」

しばし二人で懐かしい思い出を語り合う。

手のひらに載る五センチくらいのロケット弾があった。先端にスプリングで動く金属の棒が付いていて、間に火薬玉を挟んで宙に放り投げると、頭から落ちてくるロケット弾の先端が衝撃で火薬玉を鳴らす。公園やアスファルトの路面で夢中になって遊んだものだ。

少量の火薬が等間隔で仕込まれた赤い紙テープを銃身に仕込み、撃鉄部分で鳴らす玩具の鉄砲があった。引き金を引く度に撃鉄へと火薬テープが送り込まれていくので連続撃ちができる。これを作った人は頭がいいと子ども心に感動したものだ。

大人になったら、もっと面白い玩具が出てくるのだろうと思い、まだ見ぬ明日に幼い瞳を輝かせ、胸を躍らせた。

しかしロケット弾も火薬拳銃もなくなった。どこかの馬鹿が、紙テープの火薬部分だけを切り取って、小瓶に詰めて投げて遊んだのだ。そんな玩具は破壊力を伴う危険なものだとされて、駄菓子屋から消えた。

リニューアルされて新たな玩具となったものは少なく、ただ消えていったものは多い。

夕方になって、同居している高畠の父——幸一《こういち》が顔を出した。

「進木くんか。久しぶりじゃないか」

手にした包みをテーブルに置き、解いて広げた。

「父さん。それ、なに」

「今日来たお客さんの手土産だ。馬方《うまかた》羊羹だぞ。知ってるかな。酒のつまみにもいい」

大きな羊羹だった。小さな弁当箱くらいある。濃い紫色に白ささげが混じり、栗毛の斑馬《ぶちうま》のような斑点《はんてん》を作っている。

「福島県のいわき市、勿来《なこそ》の特産品だ。野郎《やろう》羊羹とも呼ばれとるな。昔は奥州浜《おうしゅうはま》街道の東北地方へ向かう玄関口、勿来の関だったところで、大昔はここから北を『蝦夷《えぞ》』と呼んでいたんだぞ」

幸一が語る蘊蓄《うんちく》を聞きながら、高畠が羊羹を切り分けていく。

口にしてみると、もちもちした食感だった。大味だが腹ごたえがある。

「特産品だよ。以前は駄菓子に分類されていたこともある」

「そうなんですか」

私は声を上げた。

駄菓子には興味がある。子ども時代の思い出の一部であり、一時期は熱心に調べたことがある。

「私らが子ども時代のときは……」

しばし駄菓子の話題になり、高畠と思い出の駄菓子を語り合った。

「ところで駄菓子といえば、『呪いの駄菓子』って知ってるかな」

幸一が馬方羊羹の最後の一片を口に放り込んだ。

「呪いですか」私は首を傾げた。

駄菓子は全国的に子どもに親しまれるアイテムだ。ホラー的な話に馴染まないせいか、そんな話は聞いたことがない。

「葬式に関わる話でな。長いこと葬祭業をやっていると、変わった風習を耳にすることがある」

とある地方で聞いた慣習だという。駄菓子を呪術《じゅじゅつ》のツールとして使うとは初耳だ。

「ただし聞いたのが昭和三十年代だから、現在は風化しているだろうね」

旧い話だ。さもありなん。

「『しとぎ』という食べものがある。八戸《はちのへ》では『豆しとぎ』がお菓子として農村から売りに来ていたそうだ。米を潰したものや粉などの二次加工品のことだが、これに小豆《あずき》や卯《う》の花を炊いて潰してから米を潰したものと混ぜた、餅《もち》の一種だよ。これを葬式のときに作って配ることが習わしだった」

「たしかに葬式の際に出されそうな品ではありますが……」

私は再び首を傾げた。駄菓子と葬式と呪いという三つのキーワードが、どうにも頭の中でかみ合わないのだ。

「葬式が済むと、吉凶占いと称して、遺族は墓前でしとぎを指で千切って宙に投げる。それが人の身体に当たれば、その人の家は死霊が憑いて呪われるらしい。だから人がいない方角へ向かって投げるのがマナーだそうだ」

「それってリスクしかないですよね。なにが吉でなにが凶かも分からないじゃないですか」

高畠は質《ただ》したが、私にはなんとなく理解できた。

鄙《ひな》びた場所にある村落では家単位の諍《いさか》いが起きる。負の感情を募らせてしまうことも珍しくないだろう。表立って争えば大事になる。そんなとき呪いが生まれることはよくある話だ。

どれだけ憎くて相手を遠ざけていたとしても、村八分であっても、火事と葬式には共同行事として参加せざるをえない。のこのこ出てきた相手に呪いをかけるにはちょうどいい機会だ。

葬式を呪いの場として利用して、しかも慣習として根付いたという珍しい例だ。

「もう廃《すた》れているだろうね。でも祭礼の類い、物忌みなんかはまことに真面目に厳しく守られて継がれていくから、なんとも言えないかな」

「そうですね」

まさに冠婚葬祭こそ仕来《しきた》りが継がれている最たるものではないか。堅苦しいので『しきたり』とひらくより『仕来り』と書きたくなってしまう。それが呪術と結びついていたとなると、現在でも慣習が続いている可能性がある。

私の好奇心が鎌首をもたげた。

翌日、駅前の旅行代理店で二泊三日旅行の手配をした。いまは時間も費用も捻出できる状況にあるため気まぐれな行動に歯止めが利かない。

こんなことを定期面談で話したら、また病気休暇が一ヵ月延長されてしまうだろうなと覚悟しつつ、上野から新幹線へ乗り込んだ。途中駅で乗り換えれば、あとは一本で行ける。

慣習について調べるなら、現地の資料を漁るのが一番だと私は思っている。それこそネットにも掲載されていない民話の伝承本や研究家の資料が地元の図書館で見つかるのだ。

ふと湧いた探求心に突き動かされるように行動してしまう私の言動こそ病気なのだろうなと自嘲しながら、私は動き始めた車窓に目を向けた。

*

駄菓子について。

幼少時代に馴染みがあるので、ノスタルジーを伴う人も多いだろう。当時の思い出とともに記憶に同居している。

いままでも折に触れ、私は駄菓子について調べてきた。詳しく語ると、それこそ一冊の本になってしまうほどだ。

現在、『駄菓子』として語られるのは昭和後期から定着したものである。全国で同じ駄菓子が流通したので共通の思い出となった品は多い。

駄菓子は昭和三十年代から四十年代にかけて大きく変わった。かつての駄菓子は地元特産品や名産品と名前を変えて各地で生き残っている。

旧くは『雑菓子《ざがし》』と呼ばれていた。『駄菓子』という言葉が登場して庶民に定着したのは江戸時代である。

江戸幕府は白砂糖の使用を上菓子司のみに許し、一般庶民が食べる菓子にはこれを禁じた。菓子屋の序列は、上位が上菓子司、次いで干菓子屋、飴屋と続き、最下位が駄菓子屋となっていて、駄菓子屋は末座にしか座れなかった。

『駄』の一字が強烈である。「粗悪なもの」「つまらないもの」という意味合いで使われており、『駄菓子』は時代が生んだ流行語だった。『和漢三才図会《わかんさんさいずえ》』に、「正徳《しょうとく》五年（一七一五年）菓子とも」として「よからぬものを駄菓子と言ふは、乗馬にならぬ駄馬より生じた如く」とある。

発祥の地は江戸。後《のち》の東京市、現在の東京都区内である。

一般庶民が食するものとして広まったのは、江戸における治安の良さが理由として挙げられる。『屋外でものを食べる』習慣が生まれたので、屋台という新たな業態も江戸で生まれている。

それまでは、ものを食べるときは屋内が当然だった。見つかったら盗られてしまうため、外でものを食べるときは物陰に隠れる。それほど食べものは貴重だった。

ちなみに駄菓子屋が降盛を極めたのは明治時代の中期である。城下町には大商人が現れ、全国の農村や漁村や山村のいたるところで縄張り争いが起きた。どこの横町でも子どもたちが三文駄菓子屋に群がり、駄菓子が面白いように売れたという。

時代や場所によって駄菓子は異なる。興味は尽きない。

今回聞いた話では、墓石の前で遺族が駄菓子を指で千切って放っている。もはや食べものではなく、呪術の道具だ。

私は北上《きたかみ》線の座席で車窓を眺めながら、いてもたってもいられなかった。

我が内から湧いた探求心恐るべし。

*

昼食を駅弁で済ませるつもりだったが買いそびれた。

時計は十四時を回っていた。しかし予約した駅前のホテルにチェックインするにはまだ早い。荷物をコインロッカーへ収めてからタクシー乗り場へ向かう。

「市役所と図書館、どちらが近いですかね」

「市役所ですね。すぐ着きますよ」

実際、駅から一キロと離れていなかった。しかも通りの先には川が流れているが、図書館はその途中にあるという。取材にはうってつけだ。

まずは市内地図を入手して地理を把握する。近場の斎場や墓地をチェックしてから、市役所内の案内所へ向かった。

「地元の特産品としての駄菓子と伝承されている慣習や民話を調べています」と話して、関連する資料はないかと訪ねた。

むろん『呪いの駄菓子』なんて負の慣習が公文書に記されているわけがない。年輩の職員さんにさりげなく訊いてみたものの、知っているという方はいなかった。なにせ二〇〇三年のこのときから遡《さかのぼ》っても三十年以上前の慣習である。しかもあまり歓迎されるものではない。記憶している人を見つけるだけでも困難だ。対応した市役所の職員さんも、さぞ困惑したことだろう。申し訳ない。

夕方まで時間をかけたが、市役所では芳《かんば》しい結果が得られなかった。まあ当然か。ホテルの部屋に入っても整理すべき収穫はなく、市内地図を確かめながら翌日のスケジュールを組み立てるだけで初日は終わった。

翌日は朝から図書館で民話集を漁った。地元の言葉で記載されたものも多いため、しばし古文や方言と格闘することになった。高畠幸一から参考にと紹介された書籍には、たしかに県内のとある場所では呪いの術式があったと記載されているが、追認できる資料は見つからなかった。

図書館を出て、川沿いを歩きながらもの思いに耽《ふけ》る。

私が調べようとしていたものは、どうやら風化したようだ。もとより負の慣習である。受け継ぐべきものではない。

あえてほじくり返すことなく、このまま放っておくべきものなのだろう。寝た子は起こさなくていい。この地に来たことも、具体的な地名も記憶の底へ沈めるべきかもしれない。最後に城跡から城下町を眺めて仕舞いにしよう——。

しばらく歩いていたら、川沿いに墓地と斎場が見えた。少し川辺の道を外れて、ぐるりと回ってみることにした。

ちょうど喉が渇いたので、斎場に入り、自販機でペットボトルのお茶を買った。待合室でしばし休む。

利用者らしい喪服姿の一団が部屋に入ってきた。両親に連れられた幼い子どもが、近くのコンビニで買い求めたらしいポップコーンの袋と奮闘している。たぶん腹が空いて両親に強請《ねだ》ったのだろう。空腹は時と場所を選ばないし、子どもはそれを我慢できない。

彼らが私の傍を通りかかったところで、子どもが力を込めていた袋が開いた。

「わあ」

子どもの声とともにポップコーンが飛散して、その一つが私に当たった。

周囲の苦笑いに包まれながら、家族連れは奥のテーブルへと向かった。職員が掃除に駆けつける。

私もまた、苦笑いを隠せない。

——いまのはノーカンだ。しかもここは墓前じゃない。

こんな場所で死霊に憑かれてはたまらない。ノーカウントだ。そもそもそんな呪術はもうないのだ。

自分に言い聞かせるように呟きながら私は斎場を離れた。

そのまま川沿いを歩くと登り道になる。城跡に出て眼下の川の向こうに町を望む。

小さな町である。ひと昔前なら、冬だと雪に覆われて付き合いも限られたことだろう。小さな恨み辛《つら》みが積もって捌《は》け口を求めることもあっただろう。呪術とは、そんな精神的な安寧《あんねい》を求めたゆえに生まれた結果だ。時代の流れとともに自然消滅して然るべき習わしだと思う。

一つに、駄菓子を家庭で作る生活習慣は珍しくなった。以前は味噌や漬け物は各家庭で作るのは当たり前だったが、いまではスーパーで買った方が手間いらずだ。菓子類はコンビニで手軽に手に入る。

加えて交通機関の発展だ。引っ越しすれば簡単に生活の場を離すことが容易になった。今回のケースでは葬式に参列しないだけでも術式を避けることができる。

つまり逃げることができるのだ。

呪いの儀式とは、時代とともに消滅していくのが当然なのだ。

その夜。ホテルの部屋から「明日帰る」と自宅へカエルコールをしようとしたら、父から逆に連絡が入った。

「母さんの親父さんが亡くなった。母さんはもう実家へ向かっている。葬式は明日からになる。お前の喪服はこちらから持っていくから、独行はまっすぐ母さんの実家へ向かってくれ」

突然の訃報《ふほう》だった。昼間に斎場を訪れたばかりだというのに。

葬儀は葬儀を呼ぶらしい。

翌日。

ホテルから、いちおう職場へ一報する。忌引《きびき》に該当するのだが病気休暇中なので埋没するかたちになる。

電車へ飛び乗り、北上駅で東京行きの新幹線に乗り換えた。

年明けから春先に亡くなる人は多い、と葬祭業を営む高畠から聞いたことがある。年が明けるまで、梅や桜の花を見るまではと張っていた気が折れてしまうというのは納得できる理由だ。

母方の実家は宮城県の最南端、丸森町《まるもりまち》にある。高村光太郎《たかむらこうたろう》の『智恵子抄《ちえこしょう》』で有名な阿武隈《あぶくま》川に沿ったところにある小さな町だが、さらに町から離れた大張《おおはり》という場所に母の実家がある。最寄り駅は新幹線の白石蔵王《しろいしざおう》駅、または東北本線の白石駅。そこから路線バスで小一時間なので、かなり時間がかかる。現在、ネットで地図を広げても人家が少ない。

『丸森町大張』と聞くと、旧い人や鉄道マニアは「あの町か」とぴんと来る。

機関車が噴き上げる蒸気は近隣の地域に著しい作物被害を及ぼすため、かつて日本全国で線路の敷設計画に対して地域住民から激しい反対運動が起こった。丸森町大張は、まさにそんな地域だ。

以来、鉄道本線や支線だけでなく幹線道路の整備計画からも外され、路線バスしかない陸の孤島になっている。全国には、そんな負の名残を止めている地域がいくつもある。

最寄りのバス停を降りてもなにもない。かつては雑貨屋があったのだが、もうなくなった。過疎化が進んでいる。道を尋ねたくとも相手がいない。なにしろ人がいない。

小さな川を渡り、田畑が点在する砂利道を歩く。街路灯なんて文化的なものはないので、曇天《どんてん》の夜道は真の闇になる。電灯なくして歩けない。幼い頃は歩きながら手にした電灯を点けたり消したりして闇の恐怖を楽しんだものだ。

バス停から曲がりくねった田舎道《いなか》を歩くこと約二百メートル、母方の実家に着いたのは三時過ぎだった。途中で見かけた人家は一軒だけである。

父や弟たちは東京からだったが、車なので早々に着いていた。狭い田舎道に何台も車が並んでいるなんて冠婚葬祭のときくらいだ。

父は四人兄弟の末っ子だが、母は七人兄妹の上から三番目である。子沢山の大家族が当たり前の時代だった。

父方は曾祖父の代から、浅草《あさくさ》、南千住《みなみせんじゆ》、亀有《かめあり》と続いているので私は『江戸っ子』だ。

聞いたところによると、母は『一向衆』と呼ばれた人たちの末裔《まつえい》である。幼い頃は名前のあとに『姫』が付いていたという。『隠れ忍者』とも呼ばれ、その頭領として、城を建築する予定だった場所に居を構えている。後ろは山なので、周囲を見渡すとなるほどと思ってしまう。そんな場所が東北地方にはいくつかあるのだが、その一つらしい。しかし現在では歴史に埋没している。

懐かしい面々に再会し、挨拶を交わす。子ども時代に盆や正月に遊んだ従兄弟《いとこ》たちも、それぞれいい歳になっている。すでに子どもを連れた家族になっている者も多いが、私は独り身を続けているので、そこを突《つつ》かれると肩身が狭い。

母方の実家は農業を営んでいる。藁葺《わらぶ》き屋根の大きな家で、一階も二階も十畳を超える大きな部屋がある。仕切りになっている襖《ふすま》を外せば大広間になるので、子どもの頃に訪れたときはいい遊び場だった。

一階には囲炉裏《いろり》。台所は土間。風呂や便所は屋外にある。湧き水の小さな泉は澄んでいて、覗き込んだらヒルはいないが大きなタガメが一匹いた。

冬は雪に覆われてしまうが、子どもにとっては遊び場だった。裏の竹林から竹スキーを履いて坂道を滑ったり、木造りの橇《そり》で『アルプスの少女ハイジ』のように楽しんだりしたことはいい思い出だ。

三十年前と変わらない風景に安堵しつつ郷愁を味わった。

今日は通夜だ。両親たちは親族内での葬儀を打ち合わせたあと、それぞれ家族単位で自宅へ戻る。私たちは、母を除いて駅前のホテルへ泊まることになった。

翌日は告別式である。ホテルで朝食を終えてから、すぐに母の実家へ向かった。

驚いたことに、東京の職場から二人が弔問《ちょうもん》に訪れていた。大森《おおもり》部長と、入社が一年後輩の宇崎《うざき》である。

「こんな僻地《へきち》まで……恐縮です。道に迷いませんでしたか」

「駅からタクシーだったからね。こんな空気がいい場所なんて久しぶりだよ」

部長が微笑む顔を見たのはこのときが初めてだった。

裏手から宇崎の声が聞こえる。

「牛だ。本物の牛だ……」

私は苦笑しながら後ろから近づいた。

「そりゃいるさ。農家だもの。前の小屋には干し柿があるし、後ろの納屋に椎茸《しいたけ》とか養蚕をしていた頃の名残もある。カイコの写真が沢山あるぞ。見せてやろうか」

「いや、虫はちょっと……」

ブランドもののスーツに身を包んでいるくせに、その糸を生む生きものは苦手のようだ。現代っ子だが、私とは生まれが一年違うだけなのに、育ちが違うとここまで感覚が変わるものか。

しかし、かく言う私も田圃《たんぼ》の田植えを半日手伝っただけで背骨が痛くなり、畳の上で横になって泣いたものだ。都会育ちのなんと脆弱《ぜいじゃく》なことか。

この辺りの葬式では、訪れた弔問客への振る舞いは多い。東北地方は飢饉《ききん》などで食べものの大切さが身に沁みている風土でもあるので、食べものは貴重という感覚が強い。ゆえに食べもので迎えることが贅沢《ぜいたく》でもあるし、亡くなった者への「残された者たちでも元気にやっていけますよ」という手向《たむ》けにもなっている。

午前中から葬儀は滞りなく進み、焼き場からいったん実家へ戻った後《のち》、お骨《こつ》入れとなった。

葬儀を取り仕切るのは互助会ではなく、『契約講《けいやくこう》』である。かつて日本の村落では、どこでも相互扶助や秩序の維持を目的とした組織『契約講』が一戸単位で結成され、農業や漁業や山仕事を助け合っていた。信仰に基づく『観音講』や『念仏講』や『庚申講《こうしん》』は各地に残っている。

宮城県でも藩制時代に各農村で『契約講』が組織され、機能の多くは行政機関に取って代わったものの、仕切るのは契約講の講長だったりする。現在でも山間部や漁村や農業地帯ではこの仕来りが引き継がれている地域が少なくない。

母方の実家もまた契約講を引き継いでいて、講長は一年単位の持ち回りである。葬儀のやり方は家によって細かく違っていたりする。

この日の葬儀は、家を出てから双龍を模した列となって墓場まで歩くかたちをとった。

まず契約講の二人が家の前に立ち、青竹でこしらえた仮門《かりもん》——死門とも言う——を持つ。その門を潜って双龍の列は墓場へ向かう。

口を開いた龍と結んだ龍の二匹が並ぶ。阿吽《あうん》の双龍である。屋根に阿吽の双龍を戴く霊柩車《れいきゅうしゃ》は、もしかしたら同じ流派なのかもしれない。

頭の後ろに大花、小花。四つの穴を空けた板に四華花《しかばな》――紙花《かみばな》または死花《しか》とも言う――が続き、盛りを大きくした『団子盛り』、ご飯に箸を立てた『一膳飯』が追う。

その次に位牌がつき、棺《ひつぎ》を持つ『六尺』と呼ばれる人たちが歩く。『六尺』とは棺を入れる穴を掘る者たちの意味であり、穴の大きさが六尺――約一メートル八十センチであることから来ている。もちろん現在では棺ではなくお骨を入れた箱になっている。

そんな話を聞くと、私は『六尺』とは殺し専門の忍者だったのではないかと妄想を逞しくしてしまう。三途《さんず》の川の渡し賃六文銭を――引導を渡す六人組の忍者たち『六尺』。うむ、なかなか味わい深い。

あとに龍の胴や手足や尾を持つ遺族が列になる。私は分家の長男なので尾の一部を持つことになった。大きな魚の切り身に棒をつけたようなものだった。弟たちや、見送りたいという隣近所の参列者は尾の後ろである。写真撮影は厳禁だそうだ。

いざ出発。

二匹の龍は青竹の門を潜った。死門の入り口である。

勾配《こうばい》のある道、数百メートルをゆっくり歩く。亡くなった人があの世まで歩く道は長いので、遺族は草鞋《わらじ》をたくさん抱えている。またご遺体が墓地に入っても、七日間は実家と墓地の間を彷徨《さまよ》うと言われており、道中は道の傍らへ草鞋をところどころに置く。「墓地はこちらですよ」と迷わぬよう道しるべにする。

実家前の死門から墓場の死門までの道は、七日の間、霊道になる。

道すがら、霧がけぶってきた。葬式の際にはよく霧になると聞いたことがある。

死門を抜けるまで声を出してはならない。泣き出しそうな幼子は参列を遠慮するのが習わしだ。

また、龍を地に落としてはならない。

どちらかでも破られると、死者が迷い、家に戻るという。

黙したまま、列は粛々と進む。

この辺りは昭和四十年代までは土葬だった。明け方に土中の棺が割れて遺体から燐《りん》が飛び出して『人魂《ひとだま》』となり、墓地を舞うことが見られたという。あいにく私は早朝に散歩しているときに墓地の近くで棺が割れる音を耳にした程度だ。

墓地は阿武隈川の手前にある。

霧の先に、死門が見えてきた。家を出るときに潜った、同じ門だ。契約講の二人は葬儀の列より先に墓地に着いておかねばならず、行列の先回りをしなければならない。契約講の人たちもなかなか大変だ。

門を潜り、墓地へと入った。これで死門の出口から出たことになる。中は広い。段々坂に墓石が並んでいる。すぐ先には阿武隈川が流れている。

私たちは家の墓石へと案内された。

墓石の周囲に遺族が集まった。総勢二十人あまりだ。

幼い頃に来たときはまだ土葬だったので、埋められた棺が割れたせいか、あちこちで地面が割れて罅《ひび》が入っていた。

そんなことを呟いたら、私の伯父にあたる喪主が当時のことを話してくれた。

棺は埋める際に穴を空けて竹筒を通す。葬儀の日から七日の間は毎日遺族が訪れて竹筒に酒を注ぐ。冥土までの道のりは長い。それまで喉が渇かないようにと酒を飲ませる。

「俺のばあちゃんが死んだときなんか、はぁ、ばあちゃん、猫になって実家へ帰ってきたあ」

棺を埋めた翌日から、見慣れない猫が実家に現れるようになったという。毎日実家の各部屋を回り、喉を鳴らして頭をすり寄せて家人に懐《なつ》く。ご飯をあげてしばらくすると庭へ出ていって姿を消す。

これはばあちゃんが心配して成仏できずに実家の様子を見に来ているのではと相談した。

七日目の昼すぎ、膝の上で喉を鳴らす猫の頭をさすりながら伯父は言った。

「ばあちゃんなあ、俺ら、心配ねっがら。ばあちゃんいねぐとも、俺らしっかりやってぐから。心配しねえでぐんねな。だからばあちゃんも、安心してあの世さ行ってけらいや」

猫は伯父の膝の上から下りると、縁側から庭へ出た。

そして何度も振り返りながら、家の前から姿を消したという。

霊道は七日で閉じる。以後、猫の姿を見た者はいない。

無事お骨入れを済ませた私らはそぞろ歩きながら道を戻った。

大森部長と宇崎が囲炉裏端で青い顔をしている。

「いくらなんでも多すぎる」

「もう食えないよ」

わんこそばのように際限なく出てくる振る舞いに音《ね》を上げていた。

次の健康管理センターと面談するために外出した折、職場近くのオープンテラスでコーヒーを飲んでいたら、大森部長や宇崎たちが傍を通りかかった。

先に気づいたのは宇崎だった。私のテーブルへ近づいて声を掛けてきた。

「進木さんの田舎って、本当に田舎だったから驚いたよ」

後ろで大森部長が首肯する。

「盛大な葬儀だった。お骨入れの時の列なんか、どんどん人が増えていって、最初は十五人くらいだったのが、最後は倍くらいになっていたものな」

そんなばかな。何かの見間違いだろう。

墓地に着いたときに人数を確認したが、出発したときと同じだった。一人も欠けていないし増えてもいない。

いや待て。葬列の中にいたから気づかなかったということか。

葬列にご先祖様が並ぶという慣習が彼の地にはあったのかもしれないではないか。

どうやらご先祖さまたちは行進する列を見守っていたようだ。

『葬儀の際に墓前から放られた駄菓子が身体に当たると死霊が憑く』――そんな呪術を思い出してしまう。

部長と宇崎を見送ると、私は死霊が憑いていないか、念のため後ろを振り返った。

憑いていたとしても視えないのだが。

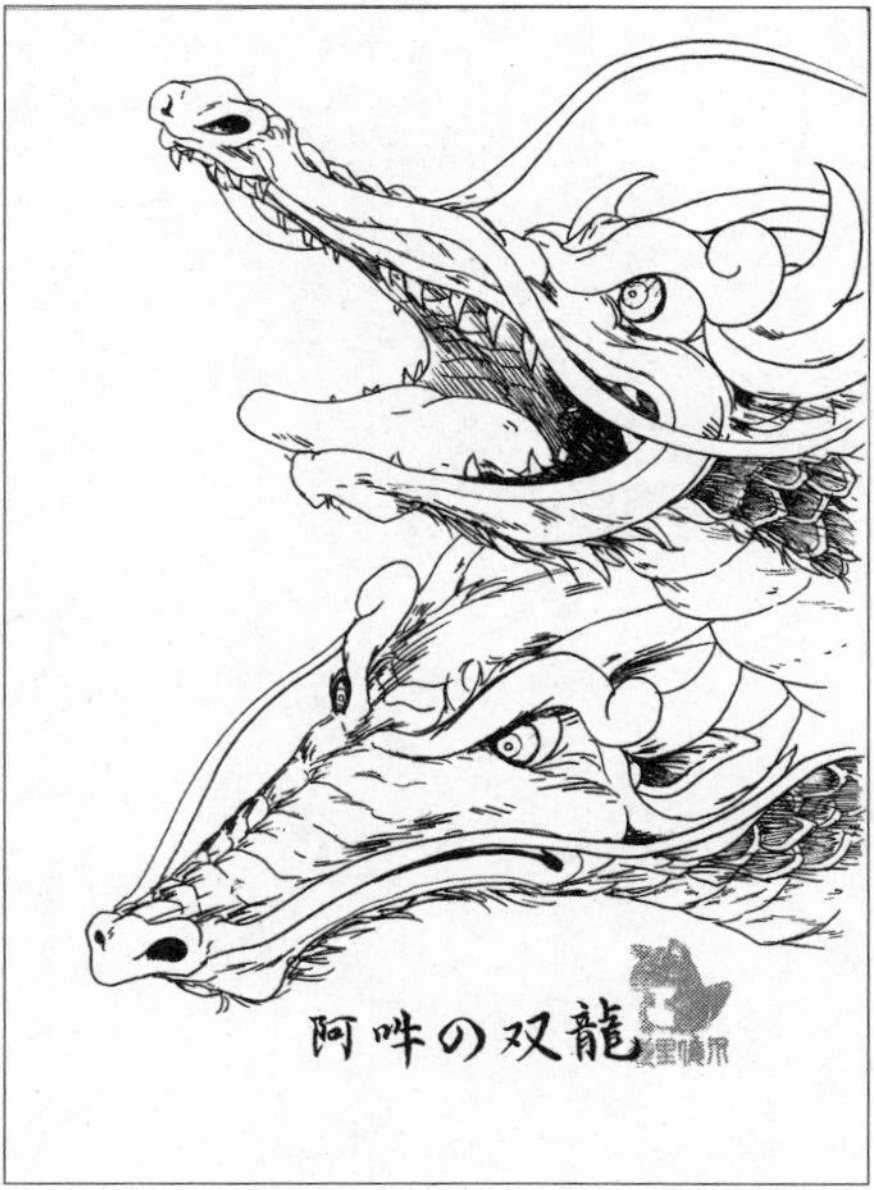

著者作

最後の仕事

令和五年（二〇二三年）四月現在、年金を受け取れるのは原則六十五歳からだそうだ。事実上の引退である。

私も六十五歳まで十年を切っているので頑張らねばと思うのだが、物書きの十年は生き残るだけでも大変だ。

しかも物書きには定年がない。仕事の依頼が続いているのであれば、自ら筆を置かない限り、生涯現役である。先に身体の方が持たなくなるのは自明の理だが、それだけ仕事を続けられる環境こそが誇れるというもの。

「朝《あした》に筆を執れば、夕べに死すとも可也《なり》」——そんな気概を胸にして作品に取り組んでいる人も多い。

でも最後の作品は選べないだろうな。

会社員などの定職に就いている人なら、ある程度は自分の裁量で最後の仕事を選ぶことができる。その人が自ら決めた最後の仕事に出くわすことが、ままある。

そんなとき、労働者としての最後の仕事を見取り、彼または彼女に対して拍手を送りたくなるのは当然だと思う。

――◇◇◇――

会社員時代の話。

どんな会社法人でも年度当初に事業計画を構築する期間がある。数年後へ向けた中長期計画や、その年の収入計画だ。

二月に本社から支社、支店へ年度目標が通達されるのだが、支店では部署ごとに振り分けられていく。大きめの法人を相手にした法人営業部や個人顧客を含む中小企業向けの外商部などだ。さらに担当する顧客や社員の職能給に合わせて、営業マンの個人営業目標を立てていく作業に入る。これが大作業だった。

おかげで二月下旬から三月中旬、立て続けに三月末の年度着地見込みの数字作業に追われることになる。

ここだけの話、合間合間に袖《そで》の下のごとく数字の端《は》数《すう》が切り上げられて目標値が増えていくので、末端では結構な負荷が掛かっている。

この時期、霞《かすみ》が関《せき》などの官庁街は不夜城と化す。職員は毎日職場へ寝泊まりである。

地域支店もまた、担当部署の社員数名は連日詰め込み作業となる。土日もへったくれもない。私は法人営業部の営業企画担当でチームは四人だった。ただし一人は幼い子どもの面倒をみるために定時に仕事を終える。課長を含め実質三人のチームで、百人を超える営業マンたちへ資料とともに取り扱い商品別の年度目標を提示せねばならなかった。

職場や近場のホテルへ泊まれるならまだありがたい。地域支店は組合の力が強いため、必ずタクシーで帰宅させられる。終電を終えた二時過ぎにタクシーチケットを渡されて、門前でタクシーに乗り込むまで上司に見送られる日々が続く。

そんなある晩のこと。

サンシャインシティと一体化している東池袋《ひがしいけぶくろ》出入り口から首都高速道路へ入り、夜景に目を細めながら一日の終わりを実感する。亀有の自宅へ向かうため小菅《こすげ》インターへと走る。

座席に身体を沈ませて気分を落ち着かせていると、突然賑やかなタクシー無線が飛び込んできた。

「よお、いまどこだ。みんな待ってるぞお」

後ろで複数の男たちが騒いでいる。加えてジョッキを鳴らす音。

「いま首都高。最後のお客さんを乗せているところだ」

「待ちきれなくて始めちゃったよ」

「あと二十分もかからないであがるよ」

「じゃあよろしく。気をつけてな」

ぶつりと無線は切れた。

「騒がしくてすみませんでした、お客さん。実は私、今日で退職するんです」

「ほお」

私はやおら身を起こした。

「いまのは打ち上げ会の会場からでして、みんなで私を祝ってくれるんです。お客さんは、私の人生最後の客なんですよ」

掲示されている身分証を確かめたら、もう七十になるかという年令だった。

タクシー運転手が『最後の仕事』と客に伝えてご祝儀を誘う手口があることは知っているが、実年齢と時期からして本当かもしれない。

「それは、お疲れ様でしたね。この仕事は長いんですか」

自宅に着くまで、四方山《よもやま》話をして過ごした。

自宅前で降りたが、料金はメーター分そのままでチケットを渡した。最後の客というなら、逆にこちらが花束をもらいたい。

ドアが閉まる間際、再びタクシー無線の声。

「……いま、終わった」

「お疲れさまー！」

ふう、と運転手は大きく肩を動かした。ひと呼吸したあと、馴れた手付きでギアレバーをシフトさせ、クラッチを繋いでいく。

静かに走り出したタクシーに、私は自宅の玄関前で大きく手を振った。

人生最後の仕事を終えた男の後ろ姿は、なんとも誇らしげに見えた。

＊

出社から深夜に帰宅するまでの間、頭を休めることができるのは昼休みくらいだ。

貴重な時間をリラックスさせるため、私は近場にあったサンシャイン地下街をよく利用した。ウインドウショッピングだけでも頭を休ませながら目を楽しませることができた。

池袋は私にとって馴染みが深い場所だ。中等科高等科と大学の十年、さらに卒業してからも、社会人になり最初の勤務地となった東武東上《とうぶとうじょう》線の東武《とうぶ》練馬《ねりま》駅にある電話局まで、実に十三年も経由してきた場所だ。寄り道といえば池袋だった。江戸川乱歩《えどがわらんぽ》の自宅も遺されている。ミステリー新人賞から物書きへの道へ進んだ現在では、縁がある場所なのだなあとつくづく思う。

そんな場所に付き合っていると、長く続いた施設の最初と最後に立ち会うことがある。なんとも感慨深い。

余談だが、第二次性徴期は身体の成長とともに記憶力が最も強くなると聞いたことがある。おそらく身体の成長とともに脳も発達して、この期間に刻まれた記憶は生涯強く残るのだろう。

私自身、思春期に経験したことは記憶に深く刻まれている。そんな頃の思い出だ。

昭和五十三年（一九七八年）十月五日木曜日。東京池袋にサンシャインシティがグランドオープンした。

都内では最も高い展望台を持った超高層ビル『サンシャイン60』を中心として、水族館やプラネタリウムなど屋内施設があった。展望台へ向かうエレベーターは当時『世界最速』だった。

合わせて、日本最大のゲームセンターが文化会館地下の一角にオープンした。名称は『ザ・ゴリラ』。並んで『サーカス・サーカス』と掲示されていたので、フロアスペースごとに管理運営会社が異なるのかもしれない。ゲームセンター奥に設えられた巨大なゴリラとピエロの頭が印象的で、お金を入れると顔が動き出し、喜怒哀楽の表情を楽しめる。

私は中学二年生だった。通学していた目白《めじろ》の途中だったので、帰りに寄り道した。以前、先輩たちが学校を抜け出して池袋でパチンコを打ったという話を耳にしたことがある。他愛ない与太話だが、目白の駅前に三店舗もあるのに、どうして池袋まで行ったのだろうと当時は思ったものだ。

いまではよく分かる。最寄り駅の周辺では先生に見つかる可能性が高い。寄り道するなら、最低でも一駅は離れないと。

混雑した広いゲームセンターを回り、どんな遊技機があるかを見るだけでも楽しめる。記念になにか遊んでいきたかったが、財布の中身は四百円。一ゲーム二百円なので二回しか遊べない。

『インベーダーゲーム』の通称で流行していた、インベーダーのＵＦＯを撃ち落とすシューティングゲームは満席だった。しばらく様子を見ていたものの、すでに撃ち込んで腕を上げている人も多く、脇に百円玉を積んでテーブルから離れる気配がない。最高得点の三百点でＵＦＯを撃ち落とし、一面で獲得する点数は常に最高点だ。慣れた手付きで次々とクリアしていく様子を、私は指をくわえて眺めているしかなかった。

百円玉四枚を握りしめて何度もフロア内を往来したが、結局そのまま出てきてしまった。中学生とはこんなものである。

いつかきっと千円以上遊んでやる――汗にまみれた百円玉を握りしめて誓ったことを覚えている。

とある人の『最後の仕事』に出くわしたのは、そんな頃である。

年末だったと思う。二学期の期末試験のため、午前中で終わる。池袋の東武または西武《せいぶ》百貨店へ向かい、上階にある書店で新刊を覗いてから帰宅するのが常だった。

池袋駅から外回りの山手《やまのて》線に乗り、西日暮里《にしにっぽり》へと向かう。

昼過ぎのため乗客は疎《まば》らだった。空き席もあったが、私はドアの脇に立って車窓を眺めるのが好きだった。

流れていく車窓の風景を眺めながら、ふと車内アナウンスがいつもと違っていることに気づいた。

「……神社が近くにあります。都電へお乗り換えの方は改札を出ましてから……」

大塚《おおつか》駅のホームが見えてきた。

長い。駅から駅の間、ずっと声が流れていた。

「次は、大塚。大塚でございます」

いつもなら、駅名とどちら側のドアが開くかを告げるだけだ。車内アナウンスの内容が見直されたのだろうか。まるで路線バスだった。

首を傾げていると、ほどなく山手線が発車した。ゆっくりと駅のホームが遠ざかっていく。

「本日、車掌を務めておりますのは私、……です」

私は顔を上げた。自己紹介する車内アナウンスなんて初めてだった。

「退職のため、最後の仕事となりました。最後の一周を務めるにあたり、万感の思いを込めて、車掌として車内アナウンスにて各駅をご案内いたします」

周りの数名の乗客たちが顔を上げた。怪訝《けげん》な顔つきで周囲を見回した。

「お耳触りかと存じますが、どちら様もどうかご容赦ください」

車内の乗客たちは顔を綻ばせた。拍手している者もいる。

「次は巣鴨《すがも》。とげぬき地蔵が有名です。お寄りの際には、地蔵通り商店街に味わい深い店が軒を連ねていますので、ぜひお楽しみください」

私を含め、数名が車内アナウンスに聴き入った。

笑みを浮かべて和んでいる中年の女性。瞑目しながら腕組みをする年配の男性。スーツ姿の若い男性は腕時計を確かめている。急ぎの用がなければ、しばし車内アナウンスに付き合おうと思っているようだ。

嗄《しゃが》れた声が時折涙声になって聞き取りづらくなる。それでも不平を口にする者はいなかった。

「次は、駒込《こまごめ》。こまご……めでございます」

この人は、どれだけ車掌の仕事をしていたのだろう。どれだけ経験を重ねたのだろう。

どれだけの思いを、この山手線一周の仕事に載せているのだろう。

車内アナウンスに籠められた彼の思いは深く、重い。

「大己貴命《おおなむちのみこと》を祀《まつ》る大國神社《だいこくじんじゃ》の他、染井吉野《そめいよしの》の発祥の地として名付けられた染井吉野桜記念公園があり……」

それは知らなかった。今度行ってみよう。

「次は田端《たばた》。北口改札を出て目の前に伸びているのは田端大橋《たばたおおはし》です。この地域は坂が多いことで有名ですが……」

山手線では珍しい、踏切が車窓を流れていく。

きっとこの人は山手線すべての駅で降りて周囲を散策したに違いない。なんだか自分もすべての駅で降りて、歩いてみたくなってきた。

それぞれの場所を繋いでいるのが鉄道だ。人々の生活圏を結んでいる山手線の車掌という仕事に、この人は誇りと愛着を持っている。

「……次は西日暮里。西日暮里です」

西日暮里のホームが近づいてくる。いつもなら降りるところだが、もう少しだけ車内アナウンスを聴いていたい。でも一周立ち続けているのは辛い。それに夜遅くまで試験勉強していたので眠い。早いとこ家に帰って布団に潜り込みたい。

さてどうしようとドアに目を向けていたら、すぐ脇の席が空いた。すかさず座る。

これでアナウンスを楽しむことができる。

次は日暮里駅だ。地下鉄丸《まる》ノ内《うち》線の新宿《しんじゅく》駅と新宿三丁目駅のように距離が短い。ホームの端からすぐ隣の駅が見えるくらいだ。さてどんなアナウンスになるのかなと思っていたら、案の定短かった。

「次は、日暮里。日暮里です。駅前通りに駄菓子問屋が軒を連ねています。店先を覗いて回るだけでも童心に返ること請け合いです」

そうきたかと感心しているうちに、もう日暮里のホームに入っていた。

乗降口のドアが開いて、老夫婦が互いの足許を気遣いながら乗ってきた。手摺《てす》りに摑まる二人に声を掛けながら私は席を譲った。隣の会社員風の男性は腕組みをして眠っていたので一席しか譲れなかったが、ご婦人だけでも身体を休めていただくことができて良かった。

席に座れたのはわずか一駅だけだった。このぶんだと一周ずっと席に座ってアナウンスを拝聴するのは無理だろう。

仕方ない。電車が混み出す上野駅まで付き合おう。

次は鶯谷《うぐいすだに》。その次はもう上野なので二駅しかない。最後に車掌の顔を見ておきたいと思い、後方へと向かった。

車掌の乗車位置は、最後部の乗務員室だ。キセル乗車のチェックや乗り越し精算のため、車掌が車内を巡回するときはいつも後ろからやってくる。

「次は鶯谷。鶯谷です……」

マイナーな駅である。乗り換えがある日暮里駅や上野駅と違い、乗降客も少ない。

さてどんな案内をするのかと耳を欹《そばだ》てながら急ぎ足で後部車両へと向かう。

横に京浜東北線《けいひんとうほく》の青い車両が並んできた。速度が同じになると、相手の車内が見てとれるので互いに止まっているようだ。京浜東北線の車両に、制服姿の車掌が乗客の切符を確認しながら通路を歩いている。客の乗り降りが激しい山手線ではそうそう見かけない光景だ。

「近くには朝顔市で有名な『恐れいりやの鬼子母神《きしもじん》』とうたわれた入谷《いりや》鬼子母神、真源寺《しんげんじ》があります。西側には上野の森が広がっているので、晴れた日に家族で散策するのも良いでしょう」

ぜったい自分の思い出が入ってるよな、と思う。

『上野の森』の正式名称は『上野恩賜公園《うえのおんしこうえん》』なのだが、やはり略称の方に馴染みがある。

鶯谷駅のホームに近づいてきたらしい。山手線のスピードが落ちた。速度に差がついて、京浜東北線が先へ流れていく。

この駅ならまだいいが、上野駅は大変だ。

東京国立博物館や美術館を案内するのだろうが、付近の名所は多い。早口になるのだろうか、略称ではなく正式名称で時間内に案内できるのだろうかと興味が湧く。

鶯谷駅で一度ホームに降りた。ホームに流れるウグイスの鳴き声に急《せ》かされるようにホームを走り、より後ろの車両へと飛び込む。

再び乗り込んだ車両は、もう最後部だった。

肩で息をしている身体を落ち着かせながら車両の奥へと向かう。さほど大きくない乗務員室の窓ガラスに影が覗いている。

「次は上野。上野です」

まさしく人生最後の仕事に臨んでいる。

「やめろ」

乗務員室の手前で、舌打ちをしながら毒づいている男がいた。

「うるせえよ」「耳障りなんだよ」「やかましい」

歳は三十代くらいだろうか。パンチパーマに細長いサングラス。薄汚れたジャンパーを着込んで盛んに身体を揺らしている。

「邪魔だ、どけよ」

少し離れた場所に立ち、乗務員室に向かって文句を繰り返している。

チンピラ風で、肩を怒らせながら乗務員室へいまにも突っ込んでいってもおかしくない気配だ。

関わりたくないので、目を合わせないようにして傍を抜けた。

乗務員室の手前には誰もいなかった。小さな空間ができている。その向こうに、マイクを持った車掌の姿が窓ガラスに見え隠れしている。

帽子の下は白髪が目立つ。マイクに向かっている頬と顎が動いている。

「次は、上野。上野です」

車両が上野駅の長いホームへ滑り込んでいく。広い駅舎が車内に影を落とす。

(お疲れ様でした)

私は一礼して、山手線を降りた。

ほぼ同じ時期に、これらの話を思い出すことになった。

平成十一年(一九九九年)五月のことである。世間では、ノストラダムスの大予言『連なる9の年、7の月に世界は滅ぶ』なんて言葉が流行していた。

昼休み、いつものようにサンシャインシティを歩いていると、馴染みのある地下のゲームセンターに貼り紙があった。

『長らくご愛顧いただきましてありがとうございました』

我が目を疑った。

間違いなく私自身の青春時代の一頁《ページ》だった。それがいま、二十一年の歴史に幕を下ろそうとしている。

私はしばし貼り紙の前で立ち尽くした。

そして迎えた閉店の五月三十一日。

いつものように私はサンシャインシティ内のショッピングモールを散策したあと、地下フロアの端にあるゲームセンターへと向かった。

客足は少ない。広い店内が深閑《しんかん》としていた。数名がアーケードゲームを楽しんでいるくらいで、設置されているゲーム機の液晶画面は一様にデモ画面を流している。

なんとも言えない寂寥《せきりょう》感が胸に去来する。

私は店内をぐるりと回り、ガシャポンコーナーで、人気だったＨＧシリーズの『ゴジラ５』を回した。

白亜紀型キングギドラが出た。これも思い出になる。

筐体《きょうたい》と一体化しているボックス席が揺れている。レーシングゲームだ。覗いてみたら大学生風の男性がハンドルを握って肩を怒らせていた。

奥には対戦ゲームがあった。ボックス席が向かい合っている。剝き出しの筐体ではなく、席に座るプレイヤーを囲っている仕様なのは、横から手を出させないためだろう。向かい合っている対戦相手の顔すら拝めない。レーシングゲームだと筐体は並びになっているので、ある程度ゲームの種類が分かる。筐体を対面させて設えてあるのは将棋か麻雀、または戦争か格闘ゲームだろう。

一人が遊技をしていたので、近づいてみたら格闘ゲームだった。身体より指を動かしているのはゲームをやりこんでいる証《あか》しだ。ビギナーではこうはいかない。

手と指を忙《せわ》しなく動かしている。なかなか決着がつかないのは、相手もそれなりの巧者だからだ。さては上級者が連れ合って遊びに来たのかと思い、ぐるりと回って対《たい》峙《じ》しているボックス席を覗いた。

誰もいなかった。

対戦相手はAIらしい。この最終日、一人で思い出のゲームセンターに別れを告げに来たようだ。

どうやらお仲間だ。私は同志に温かい視線を向けてその場を離れた。

「なかなかやりますね」

背中からプレイヤーの声が聞こえた。

振り返ると、さきほどのプレイヤーがゲームを終えたところだった。

「いい思い出になり……」

彼は立ち上がり、対面のボックス席へ回り込んで声を掛けようとしたところで言葉を詰まらせた。

しばし誰もいない席を注視してから彼は辺りを見回した。

私と目が合い、怪訝な顔つきで近づいてくる。

「あの、僕と対戦していたのはあなたですか」

「いや。そっちの席には誰もいなかったよ」

「そんな。僕はゲーム機の後ろから声を掛けられて、誘われて……えっ。それじゃ僕は、いったい誰と……」

腕時計は一時五分前だった。もう職場へ戻らねばならない。

誰もいないボックスを覗き込みながら顔をしかめる彼を残して、私は足早にゲームセンターをあとにした。

彼は不思議がっていたが、おおかた通信対戦型の仕様になっていたのだろう。別の場所に設えてある席と繋がっていたに違いない。

……はて、と私は職場へ向かいながら首を傾げた。

通信量からして太いデータ専用線が必要になるが、そんな契約はあっただろうか。普通のシステム用データ通信は稼働や売り上げを送るだけなので動画通信向けではない。

後ろから見たゲーム画面は、激しい動きを伴う、流れるような動画だった。筐体を直接ケーブルで繋いでいるならまだしも、離れた場所となると通信量が多すぎる。そのうえ画像処理の問題もある。

二十世紀末の現在、まだ滑らかな動画通信はできない。ＣＰＵ処理が追いつかなくて、ぎこちない動画になるのが常だった。

仕事が退《ひ》けたら帰りにもまた寄ってみようと思ったが、そんな思いは帰社してすぐに打ち砕かれた。

「明日から始まるフェアの販促グッズが届いたぞ。明日の朝イチまでに飾り付けを終えてなくちゃいかんから、今夜はひと仕事になるな」

私が所属している法人営業部は百名を超える大所帯だ。ビルの五階、ワンフロアを独占している。パンフレットや商品別の割引カタログやポスターのみならず、担当別と営業マンの成績がひと目で分かるような一覧表を掲示する。営業企画担当の三人でその作業にとりかかる。

泊まりを覚悟せねばならなかった。

その夜。一つの青春時代の場所が消えることに思いを馳《は》せながら、のぼり旗を組み立てていった。

これも時代の趨勢《すうせい》である。旧いものは消えていき、新しいものに様変わりしていく。常に新しいものを追いかけて、生活の中に溶け込ませていかねばならない。

新たな商品が開発されても、寿命はせいぜい十年だ。ウォークマンはディスクマンへ、ビデオやレーザーディスクはＤＶＤへ。電気通信業界ならポケットベルやＰＨＳ、そしてムーバへと移り変わりが激しい。画像通信のキャプテンなんか、あっという間に消えた。黒電話は長寿だった。ＦＡＸはまだ頑張っている。

次々と新しい商品が開発されて世に出てくるが、その寿命を延ばせるかどうかは営業の腕にかかっていると上司から教わった。

開店から閉店まで、二十一年なら頑張った方だ。思い出となるゲームセンターへ、できれば最後にお疲れ様と声を掛けたかった。

この年、池袋エリアにおける組合の地域交流会が開催された。会場は東池袋にあるビルの会議室だった。

私もまた組合地域分会の執行委員を務めていたので参加した。参加者は分会長と副分会長、書記長と私の四人である。他業種の労働環境情報は貴重だ。生の声なんて滅多に聴けるものではないので、私は率先して手を挙げた次第である。

会場へ向かう道すがら、私が思い出深いゲームセンターが閉店したことを話すと、分会長は感嘆の声を漏らした。

「へええ、そいつは縁だな」

副分会長と書記長も続く。

「俺も物好きだから、東京ディズニーランドの開園イベントに行ったよ。でも閉園を見届けるとなると、数百年生きなくちゃならないだろうなあ」

「で、花束くらい持っていったのか」

「いえ、それが……」私は軽く頭を掻いた。

「急な詰め込みの仕事が入りまして、職場を抜けられませんでした」

「なんだ、しょうがねえな」

三人は揃って失笑した。

思い出の場所の最後を見届けられなかったのは残念だが、これぱかりは仕方ない。現実はそう甘くない。

午後六時。指定の時間に参加分会の代表者たちが集まった。

労働組合の体制が整っている会社はさほど多くない。東日本の鉄道会社、池袋駅東西の百貨店など、よく耳にする十数社の組合が顔を出していた。

会場はレンタルスペースの会議室だった。各会社の組合代表者が二名から五名ずつ入っても充分な広さだ。膨らんだ紙袋を携えてきた人たちが数組いたので、はてなんだろうと首を傾げたが、ほどなくその疑問は氷解した。

最初に各分会が簡単な挨拶を述べたが、折しもお中元の季節だった。ギフトカタログや各社のカード案内が次々と配付され、すべての分会の机は各種パンフレットの山となった。組合員といえど営業成績を問われる会社職員である。組員の生活を守る情熱は、商魂の逞しさに通じている。

予定の議題を終えて意見交流会が始まると、私は東日本の鉄道会社の組合、池袋エリアの代表者三人が座る机へと赴いた。以前体験した、車掌の『最後の仕事』を話すためである。

馴染みのある、駅のホームで見かける制服姿ではない。三人ともスーツ姿なので普通の会社員に見える。

同時期に民営化された会社でもあり、さらに東西に分割されたことも同じ。そんな会社法人に所属する身として、親近感を抱くのを禁じ得ない。

あのとき以来、『最後の仕事』のアナウンスは耳にしていない。車掌の姿すら見かけない。

人員削減のためか、山手線や京浜東北線で見回りをする車掌の姿は見かけなくなった。かつて耳にした『最後の仕事』は、車掌職ではよく使われる手法なのか、それともたまたま体験した個人的な思いつきによるものなのか知りたかった。

「いや、初耳ですね」

「私も聞いたことがないなあ」

二人は首を傾げた。「本当にそんなことがあったんですか」と逆に訊かれる始末だ。

「その話が本当だったとしても、いまではもう無理ですね」

一人が呟くと、横の男が同意した。

「何故《なぜ》です？」

「車内アナウンスはですね、あまり長いと『うるさい』と乗務員室に怒鳴り込んでくるお客さんもいるんですよ。トラブルになりやすいので自粛する方向ですね。車内アナウンスは短く簡潔に」

なるほど。たしかに乗務員室の手前で文句を呟いていた男がいた。さして耳に障るものでもなかろうに。

その人の人生最後の仕事なのだから、温かく見守ってやればいいのにと思ってしまう。なんと世知辛い世の中か。

「いや……たしかにそんな話があったな」

端に座っていた年嵩《としかさ》の男が腕組みをしながら瞑目した。

「社内報に載っていたのを読んだ覚えがある。投書に添えて、本人のコメントも掲載されていた。もう二十年ほど昔の話だよな」

はい、と私が答える。「……投書？」

「そう。あなたと同じように、たまたま車内に居合わせた人からの手紙だった。『たいへん楽しめました。車掌のお仕事、長いことお疲れ様でした』と書かれていた」

「ああ、やはり……」

私は大きく頷いた。

「乗務員室の前では、杖《つえ》を突いた老人が乗務員室のドアに凭《もた》れかかって耳を欹てていたそうだ。車掌本人もまた気づいていたそうだが、気になることをコメントしていたな」

「どんなコメントですか。まさか知り合いの方だったとか」

「山手線が一周する間、ドアの外に前の月に亡くなったばかりの親御さんがずっと佇《たたず》んでいたそうだ。『きっと最後の仕事を見守っていてくれたのでしょう』と綴っていたよ」

私は顔を曇らせた。

〝山手線が一周する間〟〝ずっと〟

馬鹿な。私はその老人を見ていない。乗務員室の前には誰もいなかった。

当時の光景を思い起こす。

乗務員室の手前で、舌打ちをしながら毒づいている男がいた。

〝邪魔だ、どけよ〟

乗務員室に向かって放った言葉は、いったい誰に対してのものだったのか。彼の目には、なにが映っていたのだろう。

乗務員室の手前には誰もいなかった。ちょうど人一人分くらいの小さな空間ができていた。

手前で唸っていた男は、明らかに手を出しかねていた。

私は腑《ふ》に落ちた。

どうやら親御さんは、本当に息子の最後の仕事を護っていたらしい。〝山手線が一周する間〟〝ずっと〟

「……無事お仕事を終えることができて、なによりでした」

私は小さく頷いた。

現在、池袋にあるサンシャインシティの文化会館に『トイザらス』がある。

そこには、かつて日本最大のゲームセンターがあった。多くの若者を楽しませた場所であり、私を含めて当時を思い起こせる者も少なくない。

いまでは新たな世代の子どもたちを楽しませている。実に素敵な場所ではないか。

大都会の片隅に、そんな場所があってもいい。

©masamura／PIXTA

逝きかけた情景

まさに本書の原稿を執筆している最中《さなか》の出来事である。

出オチになってしまうが、臨死体験の話だ。

誰にでも死にかけた体験はあるだろう。しかし臨死の段階まで、どの辺りまで行ったかとなれば話は違ってくる。

時間の長短はあるものの、誰にでも『そのとき』は来る。苦しみの有無や時間の長短に個人差があるだろうが、覚悟しておいて損はない。

今回は、私の場合。これは死んだと思ったものから、死にかけたときまで。

――◇◇◇――

病気のため熱を出して「もう死ぬ」と覚悟したことは誰しもあるだろう。しかし病気以外で死を覚悟することは別物だ。

電車やバスなどの交通機関に絡んだ経験は多いはずだ。なにしろ日常生活に溶け込んでいる。しかし交通機関は便利なぶん、危険なものでもある。一つ場所やタイミングを間違えると人生が終わる。車やバイクならハンドル捌きだけで死に至る。スピードを楽しむ走り屋だとスリルを味わうために日常茶飯事になっていたという人もいるだろう。私にも覚えがある。

そんなとき、なにかの存在を感じることがある。その存在を捉えたときは覚悟した方がいい。

私が最初にその存在を感じたのは、学生生活を謳歌《おうか》していた大学二年生のときだった。

ときに昭和五十九年（一九八四年）。まだ学生時代が楽しいと思っていた歳だった。

私は所属していたサークルで渉外を担当していた。サークル旅行の企画立案も範疇《はんちゅう》になっている。

時期は三月。年度最後のサークル旅行である。場所を近場の箱根《はこね》と決めて、車を趣味にしていた友人とともに二人で下見へ出かけた。

私は中古のセリカを愛車にしていた。セリカ２０００ＧＴ。ツインカム四気筒。五十四年式の、『ダルマ』の愛称で有名になったセリカのマイナーチェンジした型で、ヘッドライトが丸目から角目になっている。週末は決まってドライブに出かけたものである。

八王子《はちおうじ》の友人宅に前泊して、朝に出発した。とりあえず東名高速道路の厚木《あつぎ》インターを目指して南下する。

予想外に道は空いていた。軽快に車を走らせていたら、東名高速道路の厚木インターの入り口を通り過ぎてしまった。

「しょうがねえなあ」

仕方なく高速道路沿いを走る。すぐ次の入り口から高速道路に入ったら、助手席の友人が笑い声を漏らした。

「……怪我《けが》の功名ってやつか」

「なんだ」

「『ねずみ取り』やってたぞ。予定通り厚木から入ってたら、絶対に捕まってたな」

すぐ後ろで速度違反の車が停められていたという。

高速道路に入ったら車を飛ばす。これだけ空いていたら、自分の性格ならすぐに時速百キロを超えるまで加速するだろう。張られていたら捕まったことは間違いない。

「この車、悪運が強いんだよ」

「まったくだ」

二人で笑った。

小田原《おだわら》から箱根ターンパイクに入り、箱根の坂道を楽しんでから、昼前には目的地の芦ノ湖《あしのこ》に到着した。

宿泊場所や観光マップを確認してから、昼食を兼ねてみんなで入れる食事処を探した。

あまり楽しんでしまったら本番に差し支える。ある程度の楽しみはとっておかねばならない。

午後二時過ぎには芦ノ湖を離れた。

早々に用事が済んだ。帰りは運転を友人と交代して、少し寄り道できる場所はないかと道路の案内板に目を凝らす。

厚木付近で山へ向かう道があった。

「ぐるっと回ってみるか。どこかの抜け道かもしれないしな」

進むにつれて、道が細くなっていく。やがて舗装された路面は砂利道になり、林道へ入った。横に渓流を望む。

「ぬかるんでるな」

暦《こよみ》は三月。山の中となれば路面が凍結している場所もある。

タイヤが泥を食《は》み、きついコーナーでは滑《すべ》る。

「おい、気をつけろ」

「なんて道だよ。これで向かいから車が来たら往生するぞ」

山間《やまあい》の道なので広くない。車がすれ違うにも場所を選ぶ。

「ぐるりと回るどころじゃないな。戻ろうぜ」私は言った。

「これはこれで俺は楽しいが、仕方ないか」

友人はラリーにも参加するほどの車好きだ。泥道はお手のものである。しかし見知らぬ場所では勝手が分からない。

車を切り返すにもスペースが要《い》る。そんな場所を探しつつ車を走らせていたら、渓流に沿って山肌をぐねぐね回る泥道になった。鬱蒼《うっそう》とした場所なので道は影になっている。見通しが利かないうえに路面は凍結していた。

タイヤが滑った。砂利道を走る振動が消えて、スケート靴を履《は》いているように、すーっとなめらかに車が動く。

「うおっ」

ハンドルを握る友人はこんな道でも馴れている。しかし、いったん車が滑り始めたら慣性の法則に抗うことはできない。

「拙いっ！」

コーナーでハンドルを切ったところだった。車体は道に沿って曲がりながら、横へ滑っていく。助手席の私は流れていく先へと目を遣った。

ガードレールなんてものはない。山道の脇へと車は滑る。先にタイヤが咬むような茂みはなかった。

下に見える渓流が眼前に迫る。目測だが、高低差は住居の二階か三階部分に相当すると見てとれた。

脱出しようにもシートベルトで固められた身体は動かない。

死を悟った。

数秒後に私は死ぬ。男二人で心中のかたちなんて嫌だぞ。嫌だ。よもやこいつと二人で――……。

背後に誰かの存在を感じた。車内には二人だけのはずなのに、後部座席に誰かいる。

それは直感だった。

振り返りたいが、そんな余裕はない。目の前に崖下の渓流が迫っているからだ。車はゆっくりと横滑りしている。速度は落ちているものの、止まる様子がない。為す術もない。

落ちる。もう死ぬ。

車窓から地面が消えた。もう下に道はない——。

滑落する衝撃に備えて身体を丸めたとき、車は止まった。

車が動いていないことを再度体感で確かめてから運転席の友人と顔を見合わせる。

続いて、二人同時に後部座席を見遣った。

友人も気づいていたらしい。後ろに誰かいたことを。

後部座席には誰もいなかった。気配も消えている。

太い息を吐きつつ、窓を開けて外を確かめた。

車の下はすぐ崖だった。恐る恐るドアを開ける。２ドアなので重い。

足許に地面は少ない。すぐ斜面になっている。首を出して後ろのタイヤ位置を確かめたら先の地面は五センチくらいだった。まるでアクション映画の一場面だ。

とりあえず二人で運転席側から下りたところで、向かいから車が来た。４ＷＤだったので地元の人かもしれない。

友人が進み出て４ＷＤを停めた。運転席から髭を蓄えた三十過ぎぐらいの男性が降りてきた。

「やっちゃいましたか」

苦笑いを浮かべる彼の顔が、こんなことは一度や二度ではないと語っている。

「いえ、なんとか落ちずに止まりましたが……。ここって、どこなんですか。実は迷っちゃって」

しばし友人は男性と話した。

話し終えて私の方を振り向いた友人は、照れ笑いを浮かべた。

「分かったぞ。この道は知ってる。ラリーの練習に使われてる、マニアには有名な道だ」

降りてきた男性は私たちの車を一瞥して、なんとかなりそうだと言った。

三人で車を道へ押し戻し、向きを変えた。路面が凍結しているので、さして苦労はなかった。ターンテーブルに載っているかのように私たちのセリカはぐるりと回った。

「どうぞ、お気をつけて」

道の先まで送ってくれた男性は、舗装《ほそう》された道の端で手を振って私たちを見送った。恩人である。

私たちも一礼して彼に手を振った。

予定より帰宅時間が遅くなってしまった。死にかけたアクシデントだが、助けられたという思いが強い。むしろ良い思い出として記憶に刻まれている。

ただ後部座席に感じた気配だけは、小さなしこりとして残った。

＊

次の死にかけた経験も車が絡んでいる。

交通機関は便利だが、やはり危険でもあるのだと再認識する。

イタリアを旅行したとき、バチカン市国を訪れた。日程が取れればぜひ訪れたい場所だ。あまり時間をとらずに一つの国を巡れるのは観光として魅力がある。

小さな国だが異国情緒に溢《あふ》れている。統一された意思が空気に含まれていて、敬虔《けいけん》な気持ちが内に湧いてくる。そんな時間を楽しめる場所である。

そうした空間をひとしきり楽しんだあと、気持ちを落ち着けて外へ出た。境界となる石壁の外を流れる川を眺めつつ周囲を歩くと、やはり内と外とでは空気が違うことを実感する。

バチカン市国の前の通りを歩いていたときのこと。遠くからサイレンの音が聞こえてきた。道幅は広く見通しが利く。目を凝らすと二台の車が追いかけっこをしていた。一台はもちろん警察車両だ。

先頭を走っていた車がこちらへ曲がり、警察車両があとに続く。ロータリーに向かって二台の車が縦一列になって、こちらに向かって走ってきた。ロータリーに向かって突進してくる。

正面とは珍しいアングルだなあと思って眺めていたが、車のスピードは落ちない。いずれ曲がるだろうと思っていた。しかしそんな素振りはない。運転手の血走った目が見えるようだ。

本能が危険を察知した。頭の中に警報が鳴り響く。

余裕はない。左右へ飛び退く時間はない。たとえ横へ逃げようとしても、本当に私を狙っているのだとしたら、ハンドルのひと捌きだけで容易に私の身体を捉えるだろう。

周囲の観光客の目が私に注がれるのを感じた。走ってくる車の延長線上に私は立っている。

立ち竦んでいる私の近い将来の姿を想像して口元を押さえているご婦人の姿を、私は視界の端に捉えた。

頭が計算する。

動かなければ衝突する。左右に移動する時間はない。ならばダメージを軽減するしかない。

車のフロント曲線に神経を尖らせる。その上を滑るしかない。

迷っている時間はない。上半身の高さまで脚を引き上げ、ボンネットの上まで腰を浮かせる。

『飛び上がる』のではなく、『膝を自分の胸板に押しあてる』ことに意識を変える。

瞬時に腰を落として重心を低くする。物を言うのは瞬発力だ。

下半身をバネに見立てて筋肉を再認識。頭の運動チャンネルを変えて――。

突進してくる車が揺れた。

タイヤが路面を擦《こす》る激しい音を立てながら、フロント面からサイド面へと向きが変わる。車種はアウトビアンキだった。大衆車だがノーマル仕様ではないだろう。かなり足回りをイジっているはずだ。

車は私のすぐ目の前で方向転換し、九十度方向を変えて、サイドをこちらへ向けながら滑ってきた。

三メートルも離れていない。ドアが開いていれば送迎だと思って乗り込んでもおかしくない距離だった。ドライバーの車体感覚、運転技術を褒めてやりたいくらいだ。

そのまま車は走り去った。間髪《かんはつ》を入れず警察車両が滑ってくる。同じように私の手前で方向転換し、先の車を追いかけて走っていく。

これまた見事な運転技術。高速からギアを無理に二速三速へ入れて、ブレーキを使わずに後輪をロックさせ、横滑りさせる。最短の制動距離で、同時に方向転換を図る。マニュアル（MT）車ならではの技術だ。オートマ（AT）車では、こうはいかない。

遠ざかるサイレンの音を聞きながら、私は零した。

「……お見事」

アクション映画の一場面のようだった。タイミングが一秒ズレただけで私は死んでいただろう。

これこそ紛《まご》う方なき『怖い話』だと思う。真っ正面から突進してくる車なんて、映画やテレビドラマでないかぎり、現実世界ではそうそう拝めるものではない。

しかしこのとき、不思議なことに私はさほど死を意識していなかった。

傍にいるべきものの存在を感じていなかったからだ。

＊

最後は本当に死にかけた話。

仕事が多くて「死ぬ」と悲鳴を上げたわけではない。そんな恵まれたシチュエーションは新人賞の受賞直後くらいだ。ほどなく落ち着いて、多くの新人は『消える』のだが、それとは違う。リアルに死にかけた話である。

令和四年（二〇二二年）十二月四日。日曜日の深夜二時すぎ。

一場面を書き終えて椅子の榻背《とうはい》に背中を沈める。あまり休んでいる時間はとれないが、頭を切り替える必要がある。

頭を整理するために入浴しようと思った。

ホームシステムで浴室に湯を張るようスイッチを入れて、ペットボトルのミルクコーヒーに口をつける。一服しながらBGMの雨音とカエルの声に耳を傾けていると、ほどなく湯船が整ったことを報せるチャイムが鳴った。

顎まで湯船に浸かりながら、次の原稿作業へ向けて頭を巡らせる。書き終えた場面をなぞったあと、次の場面で含めるべき話のポイントや構成を確認する。頭の中で流れを整えていると、身体がほどよく熱《ほて》り出していることに気づく。

汗を流して湯船から出たときだった。

平衡感覚が消えた。立ちくらみである。

手足の感覚がなくなった。右も左もない。それどころか上下の感覚すら消えた。

視界が滲《にじ》んで狭まる。暗転したところで意識が飛んだ。

頭の後ろに衝撃が奔り、浴室内に音が響き渡る。

視界の先に天井の蛍光灯があった。痛みはないが身体の感覚もない。

床のタイルの上に裸のまま仰向けになっている。身体に力が入らず、立ち上がることもできない。それどころか手足の感覚がない。

頭の後ろが痺れている。左腕がなんとか動いたのでこれは瘤《こぶ》になるなと手をあてたが特に痛みを感じない。ひどい怪我ではなさそうだと安心して、腕を戻す。

その手を目にするなり血の気が引いた。

私の腕は鮮血に塗《まみ》れていた。頭が割れていたのである。

立ち上がろうとしても身体が言うことをきかない。

私は覚悟した。パニックになるかと思ったが、妙に気が落ち着いている。

――ああ、これが人生の終わりというものか。

この私――……誰だっけ。名前が出てこない。まあいい、名前なんて個体を区別する識別子だ。

どれだけ生きただろう。いまは――……。

まただ。自分の年齢すら出てこない。家族がいるのかも分からない。……家族ってなんだっけ。

そこそこ生きただろうことは間違いないのだが、ここまでなにも出てこないとは。

窓の外は暗い。夜か。何時だっけ。

汗ばむほどではないので夏ではないな。肌寒いというわけでもない。天井の灯りが湯気で滲んでいる。浴室か。ならば寒くなくても当然だ。

浴室の天井をぼんやり眺めていたら、なにかが近くにいることを感じた。

なにかが私を看取ってくれるようだ。さっきからそこにいるのは分かっていたが姿が見えない。見えているのは壁のタイルだけだ。

やおらそいつが動き出した。

こちらに近づいてくる。私の横に立ち、私の顔を覗き込んできた。

そいつの顔は相変わらず見えない。ただ天井の灯りだけが視線の先にある。

顔の前に、そいつの存在を感じた。

息遣いもないのに、そいつがこちらを注視していることが分かる。なんだ、この感覚。

しばらくそいつは私の顔の前に屈んでいたが、一本柱のような身体を起こして離れていった。

再び元の場所へと戻り、身体を立てたまま、この場を去ろうとはしなかった。

しかしその注意はこちらを向いている。途切れることなく、そいつの視線を感じている。まるでなにかを待っているようだ。

奇妙なことに、私はそいつの存在を認めて受け入れている。知らないなにかなのに、そいつがそばにいることに安堵していた。

先程まで自分がこれからどうなるのかという一抹《いちまつ》の不安があったが、それが消えている。

そいつに付いていけばいいのだ。どうすればいいのかが分かったせいか、心が落ち着いた。

浴室の蛍光灯の光をぼんやりと眺めながら、私は意識が薄らいでいくのを待った。

幸いにして苦しみはさほど感じない。頭の後ろに痺れを感じるだけで、痛みはまったくない。ただ意識が薄らいでいく。

できれば畳の上で死にたかったなあと思いつつ目を閉じる。

脳は感覚器官ではない。痛みを感じる機能が備わっていないため、傷んでも痛みを感じない。事実、まったく痛みはない。

頭が割れて脳漿《のうしょう》が出たらあとがない。その臭いは強烈だからすぐに分かると聞いたことがあるが、浴室に異臭を感じない。もしかして鼻が利かなくなっているのだろうか。

……が、いつまで経っても意識は消えない。相変わらずなにも考えることができない状態だのに、意識が飛ばない。感情の高ぶりもない。心残りが湧いてこない。思い出せないのだ。

走馬灯《そうまとう》はない。頭が巡らない。でも意識だけははっきりしている。

なんだこの状態。脳内に駆け巡るべき信号が阻害されている。情報が連結していない。なのに失った血液を補うべく血が駆け巡っているのだろうか。

感じることはできるが、考えることができない。纏っていた皮がつるりと剝《む》けて、魂が剝き出しになったようだ。こんな感覚は初めてだ。

この世のありとあらゆるしがらみから解き放たれている。ただ、いまここに存在しているだけのもの――。

そんな感覚だった。

脇に控えていたなにかが、やおら動き出した。

再びこちらに覆い被さるようにして私の顔を覗き込んできた。見えないのだが、感じる。

そいつはしばし私を注視していたが、やがて興味をなくしたように身を引いて――消えた。

そいつの存在を感じなくなった。

壁のタイルに目を向けると、先ほどまでそこに佇んでいたあいつがいなくなっていた。もとより姿は見えなかったが、存在感が消えている。

私に興味をなくして帰ったのだろうか。

どこへ行ったのだろうと身を捩ると、身体が動いた。先ほどまで腕や足を動かすことすらままならなかったのに。

私は身体を起こした。浴槽の縁に手をかけて、立ち上がることもできた。

再び頭の後ろに手をやると、血は止まっていた。

目まいは消えていた。爽快感すらある。

シャワーを浴びて、背中に流れていた血を洗い落とす。頭に上っていた余分な血が流れたせいなのか、気分がすっきりしている。

タオルで身体を拭いてから、念のためそのまま安静にしようと布団に潜り込んだ。

すると今度は猛烈な食欲が湧いてきた。流れ出たぶんの栄養素を身体が求めているらしい。

なにか食べたい。いてもたってもいられず、私は階下の台所へ向かった。

冷蔵庫を開けて、食材を確かめながら牛乳を一気飲みする。無性に身体が食べものを求めている。

即席ラーメンやししゃも、納豆、昆布、茶漬け、買い置きしていた食材を夢中で食い漁った。

一息ついた頃、ようやく睡魔が襲ってきた。寝室へ戻って布団に入ったらすぐに意識が飛んだ。

目覚めたら、実に九時間も眠っていた。気分は爽快だ。

人間の回復力や生命力は侮れないなあと、あらためて実感した次第である。

あとで聞いた話では、血が外へ出たからこそ、却って助かったらしい。でなければ脳内出血でアウト。脳漿が流れたら、助かっても障害が残りやすい。

怪我は最も後遺症が残らないかたちになった。

私が幼少の頃に亡くなった祖父は、玄関の上がりがまちにかけた足が滑り、後ろに倒れて後頭部を打った。布団に入ったが、そのまま帰らぬ人になった。まさに同じ状況だった。

血が外へ流れ出なければ溢血《いっけつ》して脳内の重要な器官を圧迫してしまう。見た目は派手だが、出血した方が助かるようだ。

痛みや苦しみはなかった。頭を巡らせることができないので悩みも心残りもない。自分が誰かも思い出せなかったくらいだ。多幸感はないが爽快感は間違いなくあった。

もしかして、逝っておいた方が良かったかも……。

——と不埒なことを考えてしまう。痛かったり苦しんだりするのは嫌だ。

そして、傍にいたなにかを思い出す。

あれが死神というものか。

おそらく摑みかかろうとしても触れることすら叶わないだろう。

それは確信だった。死神とは、誰にもその仕事を邪魔することができない、冥府への案内人なのだ。

死神は決して手を出さない。だから腕がない。ただ冥府へ誘《いざな》うだけだ。脚もないので、躓《つまず》くことも転ぶこともない。ただ亡者を導くだけの案内人だ。導かれる人は、その際に道先案内人の存在を本能で感じ取るものらしい。だから抗うことなく、その存在を容認する。そして安堵し、魂の行く先を任せるのだ。

誰しも一度や二度は死神を感じることがあるだろう。しかし三度目はない。三度目は本当に死ぬからだ。

次に冥府に誘う死神の存在を感じたとき、私はそれが最期だと予感している。

深夜の軒下

令和四年（二〇二二年）八月二十二日月曜日。

今回は、比較的最近の話。艶話《つやばなし》……だと思う。


――◇◇◇――


激しい雨音にカエルの声が重なる。ばしゃばしゃと屋根を叩く雨がテンションを上げる。

暴風雨のときに作業が捗《はかど》るのは不思議だ。聴覚が非常事態を宣言して、なにかしなければと高揚しているのかもしれない。急かされるように目まぐるしく頭が回り、指が忙しなく動く。集中するにはうってつけだ。血湧き肉躍る。

窓の外に深夜の街並みを望む。行き交う車も人通りもない。街灯が照らし出す路面は乾いている。

静寂の中で原稿作業を進めるのもいいが、ときにはBGMを楽しみながらキーを叩くのもいい。

私の場合、パッヘルベルの『カノン』『オルゴール曲』、そして『激しい雨音とカエルの鳴き声』が定番になっている。ノっているときはラヴェルの『ボレロ』や台風の雨音が馴染む。

気分が乗ってきたときは勢いを優先する。いつもは文章を編みながら同時に推敲《すいこう》していくのだが、そうした当たり前の作業がもどかしくなるくらいに指が動く。そんなときは指に任せるのが常だ。

身体の内から湧き上がる創作意欲にブレーキをかけてはいけない。

一場面を書き上げたところで、椅子の榻背《とうはい》に背中を沈めて一服する。

時計の針は午前二時を回ったところだ。

次の場面や展開を箇条書きでメモしておく。冒頭の一行を書いておけば、日を置いてもスムーズに頭が作品世界に入れるので、すぐ続きにとりかかることができる。経験から来る習慣である。

かなり前からモニター画面右下にメッセージが頭を出している。

『入力時間が長くなっています。少し休憩しませんか』

昼間に体験談を元ネタにした文庫本の再校チェックが終わったばかりだが、立て続けに単行本企画の仕事に入っている。同じく短編集なので数をこなさねばならない状態だ。

短編集では読み味が重ならないよう留意する。ただ『怖い』のようにベクトルが同じだと、どうしても読み手は収録されている作品に順位付けしてしまうためだ。日本人は順位付けが大好きらしい。

他人を気にする傾向が顕著なのも日本人の特徴だと思う。売れている本というだけで書店で手に取る。自身の『面白そうだ』と感じたことより、内容はともかく『多くの人が買った』情報を優先する。集団生活に身を置く者として当然なのかもしれないが、自分自身の世界を独立させている物書きとしては『他人の感覚を優先させる』なんてことは御法度である。そんな感覚を持った物書きは一人もいない（と思う）。

他にも、同じ幽霊話で『実は誰それが幽霊でした』と同じオチを並べると、読み手は途中からクイズものとして読み始める。物語もへったくれもなく、登場人物の誰が幽霊なのかを念頭に置いて話を読むことになる。これでは趣旨が違ってしまう。

書き手としては、できればすべての作品を楽しんでほしいと願っている。

落ち着いたら喉が渇いた。ドリップした本格コーヒーを飲みたくなったが、あいにく自宅のコーヒーメーカーは梅雨明けに動かなくなっている。これから夏場なのでアイスコーヒーばかり口にするだろうと思い、取り急ぎ新しいものへ買い替えることをせず、放っておいたのが徒《あだ》になった。

——仕方ない。ちょうど小腹が空《す》いてきた。近所のコンビニへ出かけて、ついでに夜食を物色するか。

コロナ禍以降、外出することが減った。近所のスーパーやコンビニはともかく、車やバスや電車などを利用して外出するなんて滅多にない。もう八月下旬だが、今年はまだ二回だけだ。以前は年に十回は書店巡りなどで出かけていたというのに。

感染リスクは低いが、身体が緩やかに壊れていく。書斎の内と外では時間の流れが違うようだ。ああ寂寞《せきばく》なり我が日常。

そういや今日は毎週読んでいる漫画雑誌の発売日だ。

そろそろコンビニの棚に並んでいることだろう。遅れると、立ち読みされてぐしゃぐしゃになった雑誌を買う羽目になる。どれ、いまのうちにと腰を上げた。

書斎は自宅の三階である。外出用のマスクを着けつつ踊り場から外を眺めたら、道路を挟んで斜向《はすむ》かいの派出所に人影はなかった。パトロール中らしい。

二階では両親が寝入っている。起こさぬよう、足音を忍ばせながら靴を履いて二階の玄関を出る。脇の階段から一階へ下りようとしたが、足許が暗すぎて心許《こころもと》ない。電灯を点《つ》けようと腕を伸ばし、スイッチに触れたところで指が止まった。

一階に人の気配がある。

階段の先、闇の中から囁く声が聞こえる。

ぼそぼそしていて聞き取りづらいが明らかに人の声だ。

途端、身体が強張《こわば》った。すわ頭に血が駆け巡り、緊急事態を告げる。

この家にいるのは私と老いた両親の三人だけだ。こんな時間に両親が起きて一階へ下りているのだろうか。いや、それなら一階の室内灯が点いているはずだ。昼間でも階段の上り下りで足許が覚束《おぼつか》ない両親のことだ、二人が一階にいるなら明るくしていないわけはない。

私は耳を欹てた。

ぼそぼそと声が続いている。内容は聞き取れないものの、明らかに独り言ではない。途切れがちに呟く声は違う声だ。リズムからして会話になっている。

……こんな深夜に、侵入者か。

しかも話し声なので複数だ。男女のようだが、どちらの声にも聞き覚えがない。見知った人ではない。

一階は駐車スペースと事務所になっている。以前は倉庫だったが、現在は内装工事をして事務所に変えた。この時間、誰もいるはずがない。

深夜の侵入者。老いた両親を巻き込むわけにはいかない。道路を挟んだ斜向かいの派出所に警官はいない。

意を決して、闇ににじり寄る。

声は途切れていない。どうやら私がいることに気づいていないようだ。

緊急通報すべきだろうが、とりあえず確認しなければ。しかし進むにしても丸腰では心許ない。

後退《あとず》さり、二階へと踵を返した。

なにか武器になるものはないかと、二階の玄関口へ戻り、靴箱の下にある工具箱を漁った。中を物色したら、手頃なところでスパナとハンマーがあった。ベルトに挟みながら奥の寝室を一瞥する。

両親は起きてこない。不安がらせたくないので私一人だけでなんとかしたい。

ベランダへ出て再び派出所を窺ったが、まだ警官はパトロール中のようで戻っていない。

相手に気づかれぬよう、私は電灯を点けずに忍び足で階段を下りた。折り返しになる手前で足を止め、耳を欹てる。

ぐるりと回った闇の先から声が聞こえる。

「ん……」

「ふふっ」

声の主は二人。男女の若い声だった。

「あっ。んっ……」

ちょっと待て。これは……。

「好きだよ」

「愛してる」

熱い吐息とともに、唇を重ね合う音。

これは睦言《むつごと》ではないか。

こいつら、深夜に他人の家に忍び込んで愛の行為に及んでいるのか。そんなプレイが流行《はや》っているのか。どんな性癖だ。

実に困った。愛し合う二人の行為を邪魔するのは野暮というのが私の基本的な感覚だが、深夜に他人の家へ無断で入って行為に及ぶというのはいかがなものか。終わるまで待つしかないのか。

私は階段に腰を下ろした。

しかし二人の様子を窺っている自分の姿こそ絵面《えづら》としてどうだ。これではまるで出歯亀《でばがめ》ではないか。これはこれで、ばつが悪い。

ふと声の方角が妙だと気づく。

一階は駐車スペースになっている。駐車スペースへ入るドアと、外へ出る玄関のドアがあるのだが、どうもくぐもった声の先が駐車スペースではない。

折り返す柱から頭を少し出してみる。

男女の声は外へ出るドアの向こうから聞こえていた。

「あう……ああ……」

声は外からだった。

幸いにして家の中ではない。他人の家の軒下で二人は絡み合っているのだ。

私は大きく溜め息を吐いた。

とりあえず不法侵入の緊急性と犯罪性は消えた。屋内の安全性は確保できている。

玄関の鍵を取り替えねばならないとも思ったが杞憂《きゆう》だった。

しばし私は膝に肘を乗せて頬杖をつきながら待った。

二人の睦言は続く。

「愛してる」「わたしも」

なんとも単調な会話が続く。

とある民話『山寺の怪』のように「きへんにはるのじ、てえてえこぼし」なんて呟いていてくれれば、俄然興味が湧くのだが。

会話の内容が家を狙う算段だったとしたら、私の警戒や緊張はピークに達していただろう。この二人のみならず、仲間が加わって人数が増えることもありうるからだ。

私一人では手に余る。

幸いにして、そんな事態にはならないようだ。

熱い吐息に続いて、服をまさぐる音。ベルトを外す金属音。

おいおい、ここでなにを始めるつもりだ。淫語の連発や絶叫はやめてほしいぞ。

こんな気まずい状態は、新入社員の頃にビジネスホンの設置工事の打ち合わせで訪れたアダルトビデオ制作会社の社屋以来かもしれない。清潔感溢れる白い部屋に、所狭しとアダルト雑誌やポスターが広げられていた。「どの画像をビデオのパッケージに使うか検討しているところですよ」と言われたが、並べられている若い女性たちの無修正裸体写真を前にして、目の遣り場に困ったものだ。フロア内を歩くスーツ姿の若い女性職員が、みんな美人でスタイルが良かったことが印象に残っている。

そういえば、こんなこともあった。

以前旅行先の大型パチンコ店で耳にした、店内アナウンスが脳裏を過《よ》ぎる。千葉県の鴨川《かもがわ》市にあるホールだった。

『いらっしゃいませ、いらっしゃいませ。本日もお忙しい中、当店にご来店いただき誠にありがとうございます。お客様にお知らせします。当店では、店内での子作りは禁止とさせていただいております。どうぞご遠慮くださいますよう、お願いします』

遊技をしていた、ハンドルを持つ私の手が固まった。

『重ねてお願い申し上げます。店内での子作りはご遠慮ください』

俄《にわか》に店内がざわつき始め、周囲を見回す者や席を立つ者が出てきた。

『おやめくださいってお願いしてるんですってば、よっ』

店内アナウンスの声は苛立ちを隠さなくなった。

気づいたら目の前のドラムの絵柄が揃っていた。大当たりである。

席を立つこともできなくなって、吐き出される玉をドル箱に詰めたものの、気はそぞろだった。

いままさに、そのときの店員さんの気持ちがよく分かる。いっそのこと、この場から声を張り上げてアナウンスしてやろうか。

実に困った状態だ。

夜食を求め外出しようとするも、玄関前に仲睦まじき若い男女がありおりはべりいまそかり。お二人ちょうちょうなんなんの由《よし》にて、我、玄関より出ることあたわず。

――言ってる場合じゃないな、これは。

どこから響くか夜陰の鐘が闇に籠もって物凄く。ごおおおん……。いかん。混乱してきた。

少し頭を切り替えてみる。この状況が偶発的なものでなく、作為が含まれているとしたらどうだ。

家人が寝静まっている深夜、仮に起きてきても注意を外へ向けさせるためだったとしたら。家人を屋内に閉じ込めるための行為だったとしたら。

心理的密室の応用か。もしかして玄関先でなにか犯罪計画が進行しているのか。シャーロックホームズの一編に、そんな話があったような気がする。『赤毛組合』だっけ。

とりとめもなく頭を巡らせている間にも、軒下では熱い吐息が続いている。どうにも終わりそうにない。

深夜とはいえ他人の家の玄関前で睦言とは、今の若者たちはなかなか見所がある……ではなく、なんとはた迷惑な。

いっそのこと、バケツに水を用意して二階のベランダからぶっかけてやろうか。

仕方ない。彼らにとっては青春の貴重な思い出になるのだろう。時間を置くしかない。

小さく肩を落として、足音を忍ばせながら二階へと戻った。

二階のベランダへ出ると、風が強くなっていた。

夏の夜のせいか妙に生暖かい。道路を見下ろしても人通りはない。派出所にはまだ警官の姿はない。

玄関前の二人はどうだろうと手摺りから下を覗く。いや決して覗き趣味があるわけではないのだが、近所の知った人かもしれないという好奇心だ。

玄関前には小さな花壇がある。その横、まさに玄関のドアの前から二人の声が聞こえていたのだが、そこには誰もいなかった。

さらに身を乗り出したが、やはり人の姿はない。さてはこちらの気配を察して場所を移動したか。公園なら近くにある。

こんな一瞬の間に姿を消すことがはたしてできるものだろうかと訝しみつつ、私はベルトに挟んでいたスパナとハンマーを工具箱へ戻し、三度《みたび》一階の玄関へと向かった。

玄関のドアの鍵を開けようと手を伸ばしかけたときだった。

「あんっ！」

ドアの向こうから、若い女性の声が響いた。

身体が固まった。

私が驚いたのは声だけではない。なにも考えずに鍵を開けようとしたのは、ドアの向こうに気配がなかったからだ。

玄関ドアの曇りガラスの向こうに人影はなかった。

待てよ。さっき覗いたときも、曇りガラスの向こうに人影はなかったような気が……。

「あっ、あっ」

「愛してるよ、愛してるっ」

荒《あら》らげる声と服が擦れる音がドアの向こうから聞こえてくる。しかし曇りガラスの向こうに人影はない。前の通りには街路灯がある。その逆光になっているはずの影がない。

誰もいないはずの軒下から、男女の睦言が聞こえてくる。

私は声を失い、後退さった。

「いいっ、いいっ」

踵を返して、激しい息遣いと唇を重ねながら身体を激しく摺り合わせる音を背中に階段を上る。二階のベランダから身を乗り出して真下の玄関前を覗き込む。

誰もいなかった。

玄関ドアを前にして聞いた男女の声もない。

通りの街路灯に照らし出された自宅の玄関と庭先が、夜の静寂に佇んでいる。

階段を駆け上がった僅《わず》かな時間に、二人は身体を離して近場に隠れたとでもいうのか。

――確かめるしかない。

私は覚悟を決めた。

深呼吸を重ねながら階段を下りて、玄関のドアの前に立つ。

目の前から聞こえてくる二人の声を耳にしながら、ドアの鍵を開けた。

がしゃりと金属音が響く。

「あんっ、あんっ」

「いいっ、いいっ」

二人の声は途切れない。なんとも肝《きも》が据《す》わっている。いい度胸だ。

私は玄関の屋外灯のスイッチを入れて、玄関のドアを開けた。

刹那《せつな》、荒らげた息遣いも声も消えた。

屋外灯に照らされた玄関前には、誰もいなかった。

生ぬるい風が頬に当たる。

私は舌打ちした。

ここでビジュアル的な衝撃があるのが定番ではないか。鬼が出るか蛇《じゃ》が出るか、少し胸を躍らせてしまった自分が恥ずかしい。

現実世界の、なんと味気ないことよ。

怪談なら、ここで畳二畳くらいある大きな顔が目の前に広がっているところだ。軒下の睦言をエサにして、出てきた家人を貪《むさぼ》り食う妖怪なら、それはそれで面白い。

——そんな衝撃を腹積もって期待した自分が恥ずかしい。

もしかしたら、私には視えていないだけかもしれないが。

物の怪の類いだとしたら、ずいぶんおちょくってくれたものだ。

遠隔操作のスピーカーの類いなら仕掛けられた実物があるはずだと思い、庭先の花壇を漁って、プレイヤーを探したが見当たらない。

状況に対応できるならスマホか。しかも悪戯《いたずら》している者は私を見ていることになる。近くに潜んでいるかもしれない。

一階と二階を上り下りして混乱している私の姿を楽しんでいるとしたら業腹《ごうはら》だ。

周囲に視線を巡らし、ねめつける。

だが人の気配はない。息を殺して隠れているのだろうか。

しかし悪戯するときを夜が更《ふ》けるまで待ち続けたのだろうか。だとしたらずいぶん念が入《い》った悪戯だ。しかも私が深夜に外出するなんて、そうそうない。数週間もの間、ひたすら悪戯する機会を待ち続けたとでもいうのか。

さらに声が聞こえた場所は、玄関ドアのすぐ目の前だった。脇の花壇に仕掛けていたとしたら声が聞こえてくる方角が違う。

玄関前の石畳を見下ろしながら、私は肩を落とした。

「かなり派手な空耳だったな」

呟きながら、私はコンビニへと歩き出した。

これもポルターガイスト現象の一種なのだろうか。

説明がつかない異音や発光、発火現象をポルターガイスト現象と呼ぶなら、まさしくそれだ。

今回は人の声だ。男女の仲睦まじい会話と行為の音をポルターガイスト現象と呼ぶのはいかがなものかと思うが仕方ない。

築三十年。外壁塗装を済ませたばかりだが、それなりに旧い家だ。長年住んでいれば、床や柱の軋《きし》みだけでなく、異音を耳にするなんて日常茶飯事になる。それを心霊現象と騒ぎたてるのも馬鹿馬鹿しい。

妖怪なら『家鳴《やなり》』か。軒下に棲んでポルターガイスト現象を引き起こす物の怪だが、それって単なる地震だよなあと思ってしまう。

しかし今回は家の外からだ。家屋が実は霊たちの通り道になっていたなんて話は心霊譚《たん》の定番だが、そんなわけでもないだろう。

家人を驚かせる悪戯だとしても、私が現場にいなければ成り立たない。私が外出しようと思ったのはたまたまであり、偶然だ。そこを狙うなんて蓋然性《がいぜんせい》が低すぎる。

やはり私がこの場に居合わせたのは偶然で、私がいなくとも軒下で行為に及んでいたと考えるのが妥当だ。

さらに斜向かいには派出所がある。警官が巡回中で無人になっているのは偶然で、深夜のパトロールで派出所へ寄る警察車両があってもおかしくない状況だ。そんな場所で、深夜とはいえ堂々と愛の行為に及ぶとは正直なところ考えられない。

姿が見えないというのもおかしい。

……やはり私の空耳なのだ。

執筆中は頭の中が作品世界に飛んでいる。休憩をとるつもりが、創作の余韻が残っていたということか。

とりかかっていた場面に濡れ場はなかったはずなのだが。主人公とヒロインが組む話や場面もないというのに。

はああ、と私は歩きながら太い息を漏らした。

深夜のコンビニに客は少なかった。先客は一人だけで、棚に並べられたばかりの雑誌を捲っている。私は横から手を伸ばして一冊摑み取って買い物籠に入れた。

夜食になりそうなものを物色しながら、先ほどの出来事を思い返す。

待てよ。

これをネタにして話を組むこともできるな、と思い直す。

雪国の宿に泊まったときの怪なんてどうだ。

その辺りでは、朝方に玄関を出たとき冷気を吸い込んで心筋梗塞を起こす者が後を絶たない。実は妖怪の仕業《しわざ》で、狙った宿の客を男女の睦言で玄関の外へ誘い出して魂を食らう。私が主人公では死んでしまうため使えないが、たまたま宿泊した男女をベースにしてドラマを組めばなんとかなるかもしれない。

または、行為がマーキングを意味するものだとしたら。仲間を呼んで集まるための、特定の場所を示すものだとしたら。いや、駄目だ。人ん家《ち》の軒下をハッテン場にされてはたまらん。

――そんなことを考えながら、私はおにぎりを二つ買い物籠へ放り込んだ。

何事もなく買い物を終えてコンビニを出た。

念のためスマホを確認したが、緊急のメールもない。着信すらも。

こんなときって、外出したら事故に巻き込まれたとか、コンビニで危ない奴に絡まれたとか、帰宅したら家が燃えていたとかオチがつくものなのだが。

ただ、からかわれただけなのか。

生ぬるい風が頬に当たる。

自宅前まで戻ったが、やはり玄関前に人はいない。『ドッキリ大成功』の手持ち看板を持った芸人が現れるのを、ちょっと期待していたのだが。でも、そんなサプライズやハプニングは正直なところ勘弁してほしい。

念のため、と脇の路地を確かめたが誰もいない。深閑としている。大人二人が隠れる場所もない。

玄関から家へ入り、ドアを閉める。ふと気になって、もう一度ドアを開けて外を確かめる。

やはり誰もいない。声もない。

鍵を掛けて、コンビニ袋を手に階段を上り始めた。

二段目に足をかけたそのときである。

「ふふふ」「くすくす」

再び声がした。若い男女の睦言だ。

私は小さくかぶりを振った。

戻って確かめてもいいが、結果は分かっている。ドアの前には誰もいない。

ただ、声だけだ。

私は小さく溜め息を吐くと、背中から聞こえてくる睦言を振り払うかのように階段を上がった。

迷惑です。ホントやめてください。

書斎へ戻る途中で、二階のベランダや三階の踊り場から道路を見下ろしたが、人の姿がなかったことは言うまでもない。

著者撮影

最後に著者から一言

今作の執筆中に死にかけました。『逝きかけた情景』で、後頭部の裂傷画像を掲載するつもりでしたが、担当エヌ氏に止められました。

「生々しくて怖すぎます。本書は怖さのみではありません」

創作か実体験か分からないところがウリなのに実体験だとあからさまになってしまう、と諭されました。

というわけで、最後に一言申し添えておきます。

これらの作品は**だいたい本当**ですが、「**フィクションです！**」。

嶺里俊介

○主な参考文献
『石垣の旅』石垣市役所、『島々への旅』竹富町役場など、当時配布されていた観光パンフレット
『週刊朝日百科　動物たちの地球』朝日新聞社
『みちのくの駄菓子』石橋幸作（著）　未来社
『宮城の冠婚葬祭　しきたりとマナーのすべて』竹内利美（監修）　河北新報社
他、多くのインターネットサイトを参考にさせていただきました。
『マリュドゥの滝』など、地名は当時の表記に合わせています。

本書は文庫書下ろし作品です。

|著者| 嶺里俊介　1964年、東京都生まれ。学習院大学法学部法学科卒業。NTT（現NTT東日本）入社。退社後、執筆活動に入る。2015年、『星宿る虫』で第19回日本ミステリー文学大賞新人賞を受賞し、翌16年にデビュー。その他の著書に『走馬灯症候群』『地棲魚』『地霊都市　東京第24特別区』『霊能者たち』『だいたい本当の奇妙な話』（本書シリーズ第１作）などがある。

ちょっと奇妙《きみよう》な怖《こわ》い話《はなし》
嶺里俊介《みねさとしゅんすけ》

講談社文庫
定価はカバーに
表示してあります

2023年４月14日第１刷発行

KODANSHA

発行者――鈴木章一
発行所――株式会社　講談社
東京都文京区音羽2-12-21　〒112-8001
電話　出版（03）5395-3510
　　　販売（03）5395-5817
　　　業務（03）5395-3615

Printed in Japan

デザイン―菊地信義
本文データ制作―講談社デジタル製作
印刷―――株式会社KPSプロダクツ
製本―――株式会社国宝社

ISBN978-4-06-531172-1

講談社文庫刊行の辞

二十一世紀の到来を目睫に望みながら、われわれはいま、人類史上かつて例を見ない巨大な転換期をむかえようとしている。

世界も、日本も、激動の予兆に対する期待とおののきを内に蔵して、未知の時代に歩み入ろうとしている。このときにあたり、創業の人野間清治の「ナショナル・エデュケイター」への志を現代に甦らせようと意図して、われわれはここに古今の文芸作品はいうまでもなく、ひろく人文・社会・自然の諸科学から東西の名著を網羅する、新しい綜合文庫の発刊を決意した。

激動の転換期はまた断絶の時代である。われわれは戦後二十五年間の出版文化のありかたへの深い反省をこめて、この断絶の時代にあえて人間的な持続を求めようとする。いたずらに浮薄な商業主義のあだ花を追い求めることなく、長期にわたって良書に生命をあたえようとつとめるところにしか、今後の出版文化の真の繁栄はあり得ないと信じるからである。

同時にわれわれはこの綜合文庫の刊行を通じて、人文・社会・自然の諸科学が、結局人間の学にほかならないことを立証しようと願っている。かつて知識とは、「汝自身を知る」ことにつきていた。現代社会の瑣末な情報の氾濫のなかから、力強い知識の源泉を掘り起し、技術文明のただなかに、生きた人間の姿を復活させること。それこそわれわれの切なる希求である。

われわれは権威に盲従せず、俗流に媚びることなく、渾然一体となって日本の「草の根」をかたちづくる若く新しい世代の人々に、心をこめてこの新しい綜合文庫をおくり届けたい。それは知識の泉であるとともに感受性のふるさとであり、もっとも有機的に組織され、社会に開かれた万人のための大学をめざしている。大方の支援と協力を衷心より切望してやまない。

一九七一年七月

野間省一

講談社文庫 最新刊

内館牧子
今度生まれたら
人生をやり直したい。あの時、別の道を選んでいれば――。著者「高齢者小説」最新文庫！

上田秀人
悪　貨
〈武商繚乱記（二）〉
豪商・淀屋の弱点とは？　大坂奉行所同心の山中《やまなか》小鹿《ころく》の前にあらわれたのは……。〈文庫書下ろし〉

五十嵐律人
法　廷　遊　戯
ミステリランキング席巻の鮮烈デビュー作、ついに文庫化！　第62回メフィスト賞受賞作。

窪　美澄
私は女になりたい
人として、女として、生きるために。直木賞作家が描く「最後」の恋。本当の恋愛小説。

溝口　敦
喰うか喰われるか
〈私の山口組体験〉
三度の襲撃に見舞われながら、日本最大の組織暴力を取材した半世紀にわたる戦いの記録。

夢枕　獏
大江《おおえ》戸《ど》火《か》龍《りゅう》改《あらため》
妖怪《あやかし》を狩る、幕府の秘密組織――その名を「火龍改」。著者真骨頂の江戸版『陰陽師《おんみょうじ》』！

神楽坂　淳
うちの旦那が甘ちゃんで
〈飴どろぼう編〉
唇《くちびる》に塗って艶《つや》を出す飴が流行《はや》り、その飴屋を狙う盗賊が出現。沙《さ》耶《や》が出動することに。

講談社文芸文庫

リービ英雄
日本語の勝利／アイデンティティーズ
解説＝鴻巣友季子
青年期に習得した日本語での小説執筆を志した著者は、随筆や評論も数多く記してきた。日本語の内と外を往還して得た新たな視点で世界を捉えた初期エッセイ集。
りC3
978-4-06-530962-9

柄谷行人
柄谷行人対話篇Ⅲ　1989－2008
東西冷戦の終焉、そして湾岸戦争を通過した後の資本にどう対抗したらよいのか？根源的な問いに真摯に向き合ってきた批評家が文学者とかわした対話十篇を収録。
かB20
978-4-06-530507-2

平岩弓枝　新装版はやぶさ新八御用帳(六)〈春月の雛〉
平岩弓枝　新装版はやぶさ新八御用帳(七)〈寒椿の寺〉
平岩弓枝　新装版はやぶさ新八御用帳(八)〈春怨　根津権現〉
平岩弓枝　新装版はやぶさ新八御用帳(九)〈王子稲荷の女〉
平岩弓枝　新装版はやぶさ新八御用帳(十)〈幽霊屋敷の女〉
東野圭吾　放課後
東野圭吾　卒業
東野圭吾　学生街の殺人
東野圭吾　魔球
東野圭吾　十字屋敷のピエロ
東野圭吾　眠りの森
東野圭吾　宿命
東野圭吾　変身
東野圭吾　仮面山荘殺人事件
東野圭吾　天使の耳
東野圭吾　ある閉ざされた雪の山荘で
東野圭吾　同級生
東野圭吾　名探偵の呪縛
東野圭吾　むかし僕が死んだ家
東野圭吾　虹を操る少年
東野圭吾　パラレルワールド・ラブストーリー
東野圭吾　天空の蜂
東野圭吾　どちらかが彼女を殺した
東野圭吾　名探偵の掟
東野圭吾　悪意
東野圭吾　私が彼を殺した
東野圭吾　嘘をもうひとつだけ
東野圭吾　赤い指
東野圭吾　流星の絆
東野圭吾　新装版浪花少年探偵団
東野圭吾　新装版しのぶセンセにサヨナラ
東野圭吾　新参者
東野圭吾　麒麟の翼
東野圭吾　パラドックス13
東野圭吾　祈りの幕が下りる時
東野圭吾　危険なビーナス
東野圭吾　時《トキ》生《オ》〈新装版〉
東野圭吾　希望の糸
東野圭吾作家生活25周年祭り実行委員会　東野圭吾公式ガイド〈読者1万人が選んだ東野作品人気ランキング発表〉
東野圭吾作家生活35周年実行委員会 編　東野圭吾公式ガイド〈作家生活35周年ver.〉
平野啓一郎　高瀬川
平野啓一郎　ドーン
平野啓一郎　空白を満たしなさい(上)(下)
百田尚樹　永遠の0《ゼロ》
百田尚樹　輝く夜
百田尚樹　風の中のマリア
百田尚樹　影法師
百田尚樹　ボックス!(上)(下)
百田尚樹　海賊とよばれた男(上)(下)
平田オリザ　幕が上がる
東直子　さようなら窓
蛭田亜紗子　凜
樋口卓治　ボクの妻と結婚してください。
樋口卓治　続・ボクの妻と結婚してください。
樋口卓治　喋る男
平山夢明　魂《たま》豆《どう》腐《ふ》〈大江戸怪談どたんばたん(土壇場譚)〉
平山夢明 宇佐美まこと ほか　超怖い物件

古野まほろ　陰　陽　少　女
古野まほろ　禁じられたジュリエット〈妖刀村正《ようとうむらまさ》殺人事件〉
藤崎　翔　時間を止めてみたんだが
藤井邦夫　大江戸閻魔帳《えんまちょう》
藤井邦夫　三　つ　の　顔〈大江戸閻魔帳(二)〉
藤井邦夫　渡　世　人〈大江戸閻魔帳(三)〉
藤井邦夫　笑　う　女〈大江戸閻魔帳(四)〉
藤井邦夫　罰《ばち》当《あた》り〈大江戸閻魔帳(五)〉
藤井邦夫　福　の　神〈大江戸閻魔帳(六)〉
藤井邦夫　野　暮　天〈大江戸閻魔帳(七)〉
福澤徹三／糸柳《しやなぎ》寿《とし》昭《あき》　忌《い》み　地〈怪談社奇聞録〉
福澤徹三／糸柳寿昭　忌み　地　弐〈怪談社奇聞録〉
福澤徹三／糸柳寿昭　忌み　地　惨〈怪談社奇聞録〉
福澤徹三　作　家　ご　は　ん
藤井太洋　ハロー・ワールド
藤野嘉子　生き方がラクになる　60歳からは「小さくする」暮らし
富良野　馨《かおる》　この季節が嘘だとしても
辺見　庸　抵　抗　論
星　新一　エヌ氏の遊園地

星　新一編　ショートショートの広場①〜⑨
本田靖春　不　当　逮　捕
保阪正康　昭和史　七つの謎
堀江敏幸　熊　の　敷　石
本格ミステリ作家クラブ編　ベスト本格ミステリTOP5〈短編傑作選002〉
本格ミステリ作家クラブ編　ベスト本格ミステリTOP5〈短編傑作選003〉
本格ミステリ作家クラブ編　ベスト本格ミステリTOP5〈短編傑作選004〉
本格ミステリ作家クラブ選・編　本格王2019
本格ミステリ作家クラブ選・編　本格王2020
本格ミステリ作家クラブ選・編　本格王2021
本格ミステリ作家クラブ選・編　本格王2022
本多孝好　君　の　隣　に
本多孝好　チェーン・ポイズン〈新装版〉
穂村　弘　整　形　前　夜
穂村　弘　ぼくの短歌ノート
穂村　弘　野良猫を尊敬した日
堀川アサコ　幻　想　郵　便　局
堀川アサコ　幻　想　映　画　館
堀川アサコ　幻　想　日　記　店

堀川アサコ　幻　想　探　偵　社
堀川アサコ　幻　想　温　泉　郷
堀川アサコ　幻　想　短　編　集
堀川アサコ　幻　想　寝　台　車
堀川アサコ　幻　想　蒸　気　船
堀川アサコ　幻　想　商　店　街
堀川アサコ　幻　想　遊　園　地
堀川アサコ　魔　法　使　ひ
堀川アサコ　メゲるときも、すこやかなるときも
本城雅人　境　界〈横浜中華街・潜伏捜査〉
本城雅人　スカウト・デイズ
本城雅人　スカウト・バトル
本城雅人　嗤　う　エ　ー　ス
本城雅人　贅沢のススメ
本城雅人　誉れ高き勇敢なブルーよ
本城雅人　シューメーカーの足音
本城雅人　ミッドナイト・ジャーナル
本城雅人　紙　の　城
本城雅人　監督の問題

講談社文庫　目録

真山　仁　新装版 ハゲタカII (上)(下)
真山　仁　レッドゾーン (上)(下)
真山　仁　グリード 〈ハゲタカIV〉(上)(下)
真山　仁　ハーディ 〈ハゲタカ2・5〉(上)(下)
真山　仁　スパイラル 〈ハゲタカ4・5〉
真山　仁　シンドローム 〈ハゲタカ5〉(上)(下)
真山　仁　そして、星の輝く夜がくる
真梨幸子　孤《こ》虫《ちゅう》症《しょう》
真梨幸子　深く深く、砂に埋めて
真梨幸子　女ともだち
真梨幸子　えんじ色心中
真梨幸子　カンタベリー・テイルズ
真梨幸子　イヤミス短篇集
真梨幸子　人生相談。
真梨幸子　私が失敗した理由は
真梨幸子　三匹の子豚
松本裕士　兄弟 〈追憶のhide〉
円居　挽 原作 福本伸行　カイジ ファイナルゲーム 小説版
松岡圭祐　探偵の探偵
松岡圭祐　探偵の探偵II
松岡圭祐　探偵の探偵III
松岡圭祐　探偵の探偵IV
松岡圭祐　水鏡推理
松岡圭祐　水鏡推理II 〈インパクトファクター〉
松岡圭祐　水鏡推理III 〈パレイドリア・フェイス〉
松岡圭祐　水鏡推理IV 〈アノマリー〉
松岡圭祐　水鏡推理V 〈ニュークリアフュージョン〉
松岡圭祐　水鏡推理VI 〈クロノスタシス〉
松岡圭祐　探偵の鑑定I
松岡圭祐　探偵の鑑定II
松岡圭祐　万能鑑定士Qの最終巻 〈ムンクの〈叫び〉〉
松岡圭祐　黄砂の籠城 (上)(下)
松岡圭祐　シャーロック・ホームズ対伊藤博文
松岡圭祐　八月十五日に吹く風
松岡圭祐　生きている理由
松岡圭祐　黄砂の進撃
松岡圭祐　瑕《か》疵《し》借り
松原　始　カラスの教科書
益田ミリ　五年前の忘れ物
益田ミリ　お茶の時間
マキタスポーツ　一億総ツッコミ時代 〈決定版〉
丸山ゴンザレス　ダークツーリスト 〈世界の混沌《カオス》を歩く〉
松田賢弥　したたか 総理大臣・菅義偉の野望と人生
真下みこと　#柚《ゆ》莉《り》愛《あ》とかくれんぼ
松野大介　インフォデミック 〈コロナ情報氾濫〉
三島由紀夫 TBSヴィンテージ クラシックス 編　告白 三島由紀夫未公開インタビュー
三浦綾子　ひつじが丘
三浦綾子　岩に立つ
三浦綾子　あのポプラの上が空 〈新装版〉
三浦明博　滅びのモノクローム
三浦明博　五郎丸の生涯
宮尾登美子　新装版 天璋院篤姫 (上)(下)
宮尾登美子　新装版 一絃の琴
宮尾登美子　東福門院和子《まさこ》の涙 〈レジェンド歴史時代小説〉 (上)(下)
皆川博子　クロコダイル路地
宮本　輝　骸骨ビルの庭 (上)(下)
宮本　輝　新装版 二十歳《はたち》の火影《ほかげ》

宮本　輝　新装版命の器
宮本　輝　新装版避暑地の猫
宮本　輝　新装版ここに地終わり 海始まる(上)(下)
宮本　輝　新装版花の降る午後(上)(下)
宮本　輝　新装版オレンジの壺(上)(下)
宮本　輝　にぎやかな天地(上)(下)
宮本　輝　新装版朝の歓び(上)(下)
宮城谷昌光　夏姫春秋(上)(下)
宮城谷昌光　花の歳月
宮城谷昌光　重《ちょう》耳《じ》(全三冊)
宮城谷昌光　介《かい》子《し》推《すい》
宮城谷昌光　孟嘗君　全五冊
宮城谷昌光　子産(上)(下)
宮城谷昌光　湖底の城〈呉越春秋〉一
宮城谷昌光　湖底の城〈呉越春秋〉二
宮城谷昌光　湖底の城〈呉越春秋〉三
宮城谷昌光　湖底の城〈呉越春秋〉四
宮城谷昌光　湖底の城〈呉越春秋〉五
宮城谷昌光　湖底の城〈呉越春秋〉六
宮城谷昌光　湖底の城〈呉越春秋〉七
宮城谷昌光　湖底の城〈呉越春秋〉八
宮城谷昌光　湖底の城〈呉越春秋〉九
宮城谷昌光　侠骨記〈新装版〉
水木しげる　コミック昭和史1〈関東大震災～満州事変〉
水木しげる　コミック昭和史2〈満州事変～日中全面戦争〉
水木しげる　コミック昭和史3〈日中全面戦争～太平洋戦争開始〉
水木しげる　コミック昭和史4〈太平洋戦争前半〉
水木しげる　コミック昭和史5〈太平洋戦争後半〉
水木しげる　コミック昭和史6〈終戦から朝鮮戦争〉
水木しげる　コミック昭和史7〈講和から復興〉
水木しげる　コミック昭和史8〈高度成長以降〉
水木しげる　敗走記
水木しげる　白い旗
水木しげる　姑《クー》娘《ニャン》
水木しげる　決定版 日本妖怪大全〈妖怪・あの世・神様〉
水木しげる　ほんまにオレはアホやろか
水木しげる　総員玉砕せよ!〈新装完全版〉
宮部みゆき　新装版 震える岩〈霊験お初捕物控〉
宮部みゆき　新装版 天狗風〈霊験お初捕物控〉
宮部みゆき　I《イ》CO《コ》―霧の城―(上)(下)
宮部みゆき　ぼんくら(上)(下)
宮部みゆき　新装版日暮らし(上)(下)
宮部みゆき　おまえさん(上)(下)
宮部みゆき　小暮写眞館(上)(下)
宮部みゆき　ステップファザー・ステップ〈新装版〉
宮子あずさ　看護婦が見つめた人間が死ぬということ
宮本昌孝　家康、死す(上)(下)
三津田信三　忌《い》館《かん》〈ホラー作家の棲む家〉
三津田信三　作者不詳〈ミステリ作家の読む本〉(上)(下)
三津田信三　蛇《じゃ》棺《かん》葬《そう》
三津田信三　百《ひゃく》蛇《じゃ》堂《どう》〈怪談作家の語る話〉
三津田信三　厭魅《まじもの》の如き憑くもの
三津田信三　凶鳥《まがとり》の如き忌むもの
三津田信三　首無《くびなし》の如き祟るもの
三津田信三　山魔《やまんま》の如き嗤《わら》うもの
三津田信三　水魑《みづち》の如き沈むもの
三津田信三　密室《ひめむろ》の如き籠《こも》るもの

講談社文庫　目録

三津田信三　生霊《いきだま》の如き重《だぶ》るもの
三津田信三　幽女《ゆうじょ》の如き怨むもの
三津田信三　碆霊《はえだま》の如き祀るもの
三津田信三　魔偶《まぐう》の如き齎《もたら》すもの
三津田信三　シェルター　終末の殺人
三津田信三　ついてくるもの
三津田信三　誰かの家
三津田信三　忌《い》物《ぶつ》堂《どう》鬼《き》談《だん》
道尾秀介　カラスの親指〈by rule of CROW's thumb〉
道尾秀介　カエルの小指〈a murder of crows〉
道尾秀介　水の柩
深《み》木《き》章《あき》子《こ》　鬼畜の家
湊かなえ　リバース
宮内悠介　彼女がエスパーだったころ
宮内悠介　偶然の聖地
宮乃崎桜子《みやのさきさくらこ》　綺《き》羅《ら》の皇《ひめ》女《みこ》(1)
宮乃崎桜子　綺羅の皇女(2)
三國青葉　損料屋見鬼《けんき》控え 1
三國青葉　損料屋見鬼控え 2

三國青葉　損料屋見鬼控え 3
三國青葉　福　猫　屋〈お佐和のねこだすけ〉
三國青葉　福　猫　屋〈お佐和のねこかし〉
宮西真冬　誰かが見ている
宮西真冬　首　の　鎖
宮西真冬　友　達　未　遂
南　杏子　希望のステージ
嶺里俊介　だいたい本当の奇妙な話
村上　龍　愛と幻想のファシズム(上)(下)
村上　龍　村上龍料理小説集
村上　龍　新装版 限りなく透明に近いブルー
村上　龍　新装版 コインロッカー・ベイビーズ
村上　龍　歌うクジラ(上)(下)
向田邦子　新装版 眠　る　盃
向田邦子　新装版 夜中の薔薇
村上春樹　風の歌を聴け
村上春樹　1973年のピンボール
村上春樹　羊をめぐる冒険(上)(下)
村上春樹　カンガルー日和

村上春樹　回転木馬のデッド・ヒート
村上春樹　ノルウェイの森(上)(下)
村上春樹　ダンス・ダンス・ダンス(上)(下)
村上春樹　遠　い　太　鼓
村上春樹　国境の南、太陽の西
村上春樹　やがて哀しき外国語
村上春樹　アンダーグラウンド
村上春樹　スプートニクの恋人
村上春樹　アフターダーク
村上春樹／佐々木マキ絵　羊男のクリスマス
村上春樹／佐々木マキ絵　ふしぎな図書館
村上春樹／糸井重里　夢で会いましょう
村上春樹・文／安西水丸・絵　ふ　わ　ふ　わ
U・K・ル＝グウィン／村上春樹訳　空　飛　び　猫
U・K・ル＝グウィン／村上春樹訳　帰ってきた空飛び猫
U・K・ル＝グウィン／村上春樹訳　素晴らしいアレキサンダーと、空飛び猫たち
U・K・ル＝グウィン／村上春樹訳　空を駆けるジェーン
T・ファリッシュ著／B・ルート絵／村上春樹訳　ポテト・スープが大好きな猫
村山由佳　天　翔　る